Diogenes Taschenbuch 23903

Françoise Dorner

Die letzte Liebe des Monsieur Armand

Roman

Aus dem Französischen von Christel Gersch

Diogenes

Titel der 2006 bei Albin Michel,
Paris, erschienenen Originalausgabe:
›La douceur assassine‹

Die deutsche Erstausgabe
erschien 2007 im Diogenes Verlag
Umschlagillustration von
Sempé (Ausschnitt)

Veröffentlicht als Diogenes Taschenbuch, 2008

www.diogenes.ch
40/13/44/7
ISBN 978 3 257 23903 4

1

Im 82er habe ich sie zum ersten Mal gesehen. Sie saß mir, im hinteren Teil des Busses, gegenüber und schaute gedankenverloren zum Fenster hinaus. Sie war nicht wie andere Mädchen ihres Alters. Während ich mich zum Aussteigen bereit machte, erlaubte ich mir einen Blick auf ihren Nacken und sah, daß sich aus ihrem Haarknoten eine kleine Strähne gelöst hatte. Da hielt der Bus mit einem Ruck, und ich wurde gegen einen Mann geschleudert, der mich anblaffte: »Passen Sie doch auf!« Ich schlug mit dem Kopf gegen die Haltestange, mir entglitt mein Stock, und er fiel dem jungen Mädchen in den dunkelblauen Faltenrock. Als sei nichts dabei, nahm sie ihn einfach, gab ihn mir, und wir stiegen zusammen aus.

Auf dem Trottoir fragte sie mich: »Geht es wieder? Oder soll ich Sie nach Hause bringen?« Noch benommen von dem Aufprall, wußte ich nichts zu sagen; daß sich jemand um mich kümmerte, war ich nicht mehr gewohnt. Sie schien mein Schweigen für Scheu zu halten und fügte hinzu: »Es macht mir wirklich nichts aus, montags öffnen wir nicht vor zwei Uhr.« Ich nickte dankbar, und wir gingen nebeneinanderher, langsam, nur das Klacken meines Stocks begleitete unsere Schritte. Ich suchte nach Worten, einer unverfänglichen, höflichen Frage, doch fielen mir, aus der Übung geraten, nichts als Floskeln ein.

An der Straßenecke blieb ich vor dem roten Klinkerbau für städtische Beamte, in dem ich wohnte, stehen, voll Bedauern, daß wir schon am Ziel angelangt waren.

»Hier scheiden sich unsere Wege.«

Sofort schämte ich mich wegen meiner gestelzten Ausdrucksweise. Aber wenn man das Reden nicht mehr gewohnt ist, hält man sich an Hergebrachtes.

Ich mochte sie so schnell nicht fortlassen und lud sie zu einer Orangeade im Café gegenüber ein.

Sie sah auf ihre Uhr und antwortete mit einem Lächeln: »Ein andermal vielleicht, sonst komme ich doch noch zu spät zur Arbeit.«

Sie reichte mir die Hand.

»Auf Wiedersehen, Monsieur«, sagte sie noch. »Und vielen Dank für die Einladung.«

Im Laufschritt überquerte sie die Straße, und ich blickte ihr nach, bis sie entschwand. Ich war nicht fähig, mich von der Stelle zu rühren, war wie zurückversetzt in vergangene Zeiten, in einem Gefühlsaufruhr wie ein Jüngling. Schließlich trieb mich der Regen ins Haus. Während ich die hölzernen Flügel des Fahrstuhls zuzog, fragte ich mich, wie oft im Leben ich diesen Knopf zum vierten Stock wohl noch drücken würde. Wie viele Male wohl der Spiegel mir dieses Bild eines propren alten Herrn wie aus einer Werbung für Lebensversicherungen noch zeigen würde, mir, der ich Generationen von Gymnasiasten mit der Logik des Absurden und mit dem Freitod als Antwort auf das Nichts gequält hatte.

Ich hängte Hut und Mantel an der Garderobe auf, ging mir die Hände waschen, dann öffnete ich das Fenster und stützte mich auf die Brüstung. Ein Badezimmer mit einem Fenster ist im heutigen Paris ein Luxus, trotzdem schaue ich so gut wie nie hinaus. Ich sah die Dächer, die Tauben, die Kirchturmspitze zwischen den gemauerten Kaminen, sah die Flugzeuge inmitten der Wolken ihre Bahnen ziehen. Es hörte auf zu regnen, die Sonne wärmte mir den Schädel. Eine Weile schloß ich die Augen, dann ging ich und setzte mich zu den fünf leeren Stühlen an den sinnlos groß gewordenen Eßzimmertisch.

Frau Dune hatte mir ein kaltes Mittagessen und dazu wie üblich ein Glas roten Sancerre hingestellt.

Ich sah nach der Wanduhr, die nicht mehr schlug – mir war es lieber so –, und stellte fest, daß es hoher Nachmittag war und daß der Tag so schnell vergangen war wie seit Jahren nicht mehr. Für gewöhnlich nehme ich mir für die Zeit zwischen den Mahlzeiten wichtige oder unwichtige Beschäftigungen vor, damit ich nicht ins Stundenzählen verfalle, und esse so langsam wie möglich. Diesmal hingegen schlang ich meinen Schinken, meinen Tomatensalat und meine drei Babybel hinunter, wie um mir zu beweisen, daß ich meine eigenen Gesetze auch brechen kann. Ein Mittagessen um fünfzehn Uhr und binnen zwölf Minuten, das war noch nie vorgekommen. Lächelnd leerte ich mein Weinglas und nahm mir vor, mich öfters zu überraschen.

Das Telefon klingelte.

Zum erstenmal seit langem ließ ich es ruhig klingeln. Sonst nehme ich immer so schnell ab, wie ich nur kann – Anrufe sind so selten, und die Leute haben nie Zeit –, diesmal aber fragte ich mich nur, ob derjenige es noch einmal probieren würde. Und er tat es.

»Ja«, sagte ich mit gesetzter Stimme.

»Papa? Warum hast du nicht abgenommen? Geht es dir nicht gut?«

»Doch. Sehr gut. Wie ist das Wetter in Dijon?«

»Schlecht, wie überall.«

Pierre jammerte, wie anstrengend das erste Vierteljahr gewesen sei, das neue Gesetz, laut dem die Homöopathie-Kosten von den Kassen nicht mehr getragen würden, sei eine Katastrophe, und er könne mich dieses Jahr zu Ostern nicht holen. Seine Frau wolle sich mit ihm acht Tage in Griechenland erholen.

»Und die Kinder?«

»Papa, es sind keine Kinder mehr, sie führen ihr eigenes Leben. Wintersport, glaube ich. Wir können uns also erst im Mai wiedersehen.«

»Wie du meinst, Pierre. Und mach dir keine Sorgen, ich bin wahrlich aus dem Alter heraus, in eurem Garten Ostereier zu suchen«, antwortete ich in scherzhaftem Ton.

»Das haben wir uns auch gesagt«, versetzte er erleichtert. »Sieh zu, daß du dich nächstes Mal schneller meldest, wir wissen doch, daß du am Nachmittag meistens zu Hause bist, und man vermutet gleich das Schlimmste. So was können wir im Moment nicht gebrauchen. Wir wollen dich so bald wie möglich wieder bei uns haben. Übrigens, hast du was von Colette gehört?«

»Nein.«

Ich fragte mich, seit wann er im Plural sprach. Verheiratet mit einem Leiden Christi, einer krankhaft besserwisserischen, nöligen Person, die ihn angesteckt hatte, versuchte er, seine geheuchelte, laue Anteilnahme zu überspielen, indem er sich über andere beklagte.

Er ließ sich über die Lieblosigkeit seiner Schwester aus, Kanada sei schließlich nicht am Ende der Welt, und ein Hin- und Rückflug koste doch kein Vermögen. Ich murmelte etwas Unverbindliches, und wir hängten auf.

Seit meine Frau vor drei Jahren gestorben ist, bin ich, der Übriggebliebene, eine Last. Nicht daß man kein Mitgefühl für mich hätte, gewiß, aber auf Distanz. »Er hat sich wieder gefangen, tapfer war er ja immer, am besten, man respektiert seine Unabhängigkeit. Papa langweilt sich sowieso nicht bei all seinen Büchern. Er war von jeher ein Eigenbrötler.« Ich wußte genau, was sie sagten, aber ich nahm es nicht übel. Eine Apotheke mag schon anstrengend sein.

Ich legte mir das *Klavierkonzert Nr. 21* von Mozart auf und ließ mich in meinen abgeschabten schwarzen Ledersessel sinken, meinen Lesesessel, der sich meinen Körperformen anbequemt hat. Gegen Ende des zweiten Satzes dachte ich wieder an das Mädchen in dem dunkelblauen Faltenrock und duselte ein.

Am nächsten Morgen hatte ich eine höchst wichtige Beschäftigung. Ich wollte sie suchen. Auf dem großen Tisch – endlich war er zu etwas nütze – breitete ich mehrere Pläne meines Stadtteils aus. Ich unterteilte mein Viertel in Quadrate. Mit Hilfe meines Chronometers schritt ich im Geist ihren Weg ab in dem Versuch, ihre Arbeitsstätte aufzuspüren. Anhand eines alten Telefonbuchs, das ich zum Glück aufgehoben hatte, ermittelte ich die verschiedenen Geschäfte. Kein Gewerbe schied von vornherein aus, auch die unerquicklichsten nicht. Wer so jung arbeiten ging, war auf das Geld angewiesen und konnte nicht wählerisch sein. Ich durfte keine Möglichkeit außer acht lassen.

Am Nachmittag nahm ich Hut und Stock und brach zur Entdeckung fremder Erdteile auf wie Magellan. Ich betrachtete die Schaufenster, verwundert über alle die Neuheiten, trat ein, schaute mich, das Personal musternd, um und ging wieder. Ich verrenkte mir den Hals, um zu erspähen, ob sie etwa in einem Laden für weibliche Unterwäsche steckte, und mußte mir die argwöhnischen Blicke der Passanten gefallen lassen. Anfangs drückte ich mich vor Verlegenheit an den Mauern entlang, im Lauf meiner Ermittlungen jedoch wurde ich kühner und hielt jedem verhohlenen Grinsen stand. Nach einer Stunde, ehe meine Kräfte ganz versagten, setzte ich mich in ein Café. Sorgfältig trug ich die Namen aller abgegrasten Straßen in mein Notizbuch ein.

Neu belebt durch einen schön heißen Kaffee, setzte ich meine Erkundungsgänge zwanzig Minuten später in der Gegenrichtung fort. Nichts wurde ausgelassen, nicht eine der Werkstätten in den Innenhöfen, nicht eine Sackgasse. Und plötzlich kam mir die Erleuchtung: »Montags öffnen wir nicht vor zwei Uhr.« Damit schieden Fleischereien, Fischläden, Schuhgeschäfte und alle diejenigen aus, die am Montag geschlossen hatten.

Ich kehrte zu meinem Hauptquartier am Eßzimmertisch zurück. Ich beschloß, mir eine Liste aufzustellen, indem ich per Telefon die Öffnungszeiten der Geschäfte erfragte. Damit war ich bis zum Abend beschäftigt. Und zum erstenmal seit sehr langer Zeit dachte ich, als ich zu Bett ging, erwartungsvoll ans Aufwachen.

Nach einer Woche war ich von meiner Suche erschöpft – täglich fünf Stunden auf den Beinen – und blieb daheim. Schwermut lähmte mich, ein Gefühl von Vergeblichkeit. Wozu dieses Mädchen wiederfinden? Ihr blauer Faltenrock erinnerte mich an das Gymnasium, wo ich vierzig Jahre lang meine Schüler in Philosophie unterrichtet hatte, damit sie ihr Leben besser meisterten, Wissen und Werte vermittelt hatte, die mich selbst nirgends hinführten. Lag es an ihrem offenen Blick, den kein intellektueller Dünkel trübte und den das Leben noch nicht abgestumpft hatte? An ihrem Liebreiz? Oder suchte ich einfach nur ein Ziel, einen Zeitvertreib für mein müßiges Leben? Von den Büchern hatte ich mich abgewandt, die Klassiker hatten mir nichts mehr zu sagen, die Zeitgenossen wiederholten sich, und welche Bitternis, niemanden zu haben, mit dem man über seine Lektüre reden konnte; ich fühlte mich wie ein Geschäftsführer, der seine letzte Inventur gemacht hat und wartet, daß sein Geschäft geschlossen wird. Im Gegensatz zu dem, was meine Kinder denken, langweile ich mich. Ich verschweige es aus Stolz und füge mich darein, ohne mich zu schämen.

Wie jung ich war und wie selbstsicher, als ich schrieb: »Selbstmord ist ein Akt der Feigheit.« Heute denke ich das Gegenteil, nur daß ich den Mut nicht aufbringe. Dabei habe ich nichts mehr zu erwarten, habe auch keine Pläne mehr ... Meinen Terminkalender habe ich weggeworfen. Ich war es leid, leere Seiten umzublättern, Namen aus dem Adreßverzeichnis zu streichen. Man verliert Menschen aus den Augen und findet sie in den Todesanzeigen wieder, das ist das Privileg des Alters, das einzige. Man überlebt Ältere, seine Weggefährten, seine Schüler manchmal sogar. Man sagt sich, daß es vielleicht zu etwas gut sei, daß man noch am Leben ist, nur zu was? Wie wenig man noch mitzuteilen hat, und keiner, der es hören will. Als ich pensioniert wurde, war ich mir gewiß, man werde in Fühlung bleiben. Zwar verhalf mein Ruf unparteiischer Strenge mir zu keinen Freunden außerhalb des Unterrichts, aber drei Viertel meiner Schüler erreichten beim Abi eine ordentliche Note in Philosophie. Ich kannte das Geheimnis, ihnen einzutrichtern, was die Prüfer erwarteten, und war mir sicher, mittels Mundpropaganda werde mein Eßzimmer sich durch Privatstunden, Nachhilfelektionen, Vorbereitungen zu den Hochschulprüfungen beleben … Aber nichts. Die einzigen Nachrichten, die ich von meinen früheren Schülern je erhielt, waren die von Autounfällen, Überdosen oder Selbstmorden.

An gesellschaftlichen Kontakten ist mir einer geblieben. Einmal im Monat, an jedem ersten Samstag, gehe ich mit einer einstigen Kollegin, Naturkundelehrerin, in der Brasserie um die Ecke essen. Was soll aus Yvette Léry werden, wenn ich nicht mehr bin? Sie wird sich über mich wohl dasselbe fragen.

Yvette erzählt mir, während sie sich gierig über ihre Vorspeise hermacht, von Arthrose, Rheuma, ihrer Gallenblase, dann kommt sie, während sie ihr Fleisch zerschneidet, auf ihre Einsamkeit zu sprechen. Ihr Mann ist schon zwanzig Jahre tot, sie ist kinderlos und hat ihr Leben nie geändert. Ihre Fritten verputzt sie regelmäßig unter Tränen; die Fritten erinnern sie an die Zeit der Zweisamkeit.

»Sie sind wenigstens nicht allein.«

Als meine Frau starb, unterließ sie diesen Satz ein paar Wochen, anstandshalber. Aber mir blieben ja die Kinder. Wir würden nie auf gleichem Fuß stehen.

»Immerhin«, murmelt sie verdrießlich, »können Sie Ostern mit Ihrer Familie verbringen« und salzt ihre Fritten.

Nun brauche ich bloß zu erwidern: »Nein, die haben andere Pläne«, schon schwindet der Abstand zwischen uns, und sie kann sich, wie ich, da wir beide nun gleicherweise verlassen sind, zum Abschluß ein Schokoladentörtchen gönnen.

Nach unserem Restaurantbesuch gingen wir im Jardin du Luxembourg spazieren. Während Yvette mir erläuterte, wie erstaunlich gut sie ihre Mahlzeit verdaue, linste ich, ohne jeden Voyeurismus, zu zwei jungen Leuten hinüber, die sich auf einer

Bank küßten. Ich sah mich wieder als fleißigen kleinen Studenten, der – abgesondert von den anderen und der Welt – nur sein Studium im Kopf hatte und emsig seine Mitschriften nachlas. In meiner Familie mußte man als Kind und Heranwachsender strebsam sein. Eine unbeschwerte Jugend gab es nicht. Zuerst einmal, damit man sich dann als Erwachsener voll entfalten könne, hieß es pauken. Und verdorren, bevor man überhaupt zur Reife gelangte.

Ich wandte mich Yvette zu in dem jähen Verlangen, jemanden zu küssen, und sei es nur auf die Wange, so als könnte ich meine totgeborene Jugend mit einem Schlag zu neuem Leben erwecken. Sie nieste mir ins Gesicht, mehrmals nacheinander.

»Verzeihen Sie, der Frühling macht mich allergisch. Am besten, ich fahre nach Hause und nehme meine Medikamente.«

Während ich die Tür ihres Taxis zuschlug, fragte ich mich, ob ich sie in einem Monat wiedersehen würde. Es erschien mir so fern, und immer noch hegte ich die Hoffnung, daß ich eines Abends den Mut fände, Schluß zu machen … Theoretisch war mein Freitod seit Ostern 2004 beschlossene Sache. Ich hatte mich in der Apotheke meines Sohnes mit dem Nötigen versorgt. Aber von der Theorie zur Praxis … – vierzig Jahre mein Thema im zweiten

Trimester – und nun? Da stand ich, höhnisch herausgefordert von drei hinterm Natron versteckten Schachteln Schlaftabletten, die in einem halben Jahr verfallen sein würden.

Und wieder fuhr ich Bus. Zwei Haltestellen vor meiner Station stieg auf einmal das junge Mädchen ein. Sie bemerkte mich nicht. Sie setzte sich auf den Platz hinter dem Fahrer. Ich war ganz aus dem Häuschen vor Aufregung, daß ich sie wiedergefunden hatte, als ich sie schon nicht mehr suchte. Zwei Stationen, wie schnell das geht. Meine Haltestelle kam, ich blieb sitzen. Ich redete auf mich ein: Du wirst ihr doch nicht bis nach Hause nachlaufen wollen? ... Sie ansprechen – und wenn sie dich nicht mehr erkennt?

Der Autobus hielt, sie stand auf, ich auch, und wir trafen aufeinander. Mit strahlendem Lächeln, ohne daß sie auch nur eine Sekunde gezögert hätte, rief sie: »Ach, guten Tag! Erinnern Sie sich an mich?«

»O ja«, murmelte ich nach kurzem Zögern scheu. »Wie geht es Ihnen?«

»Steigen Sie hier aus?«

»Ja.«

Und wir sind zusammen ausgestiegen, wie beim erstenmal.

»Ich wohne dort drüben.« Sie zeigte mit dem

Finger auf eine Straße zur Rechten. »Sind Sie hier nicht ein bißchen weit von Ihrem Zuhause?«

»Stimmt, ich bin weitergefahren. Ich wollte nicht aussteigen, ohne Sie begrüßt zu haben.«

»Ach, wirklich?«

Sie lächelte. Das war mir genug. Jetzt konnte ich umkehren. Von nun an würde alles nie mehr so traurig sein wie vorher. Ich hatte den Mut aufgebracht, ehrlich zu sein, selbst wenn ich mich damit lächerlich machte. Gern hätte ich sie gefragt, wo sie arbeitete, getraute mich aber nicht. Aus Furcht, sie könnte mir falsche Absichten unterstellen.

Sie kam mir zuvor. »Wenn Sie mal Zeit haben in den nächsten Tagen, kommen Sie mich doch besuchen. Ich würde mich freuen.«

Damit gab sie mir ohne Umstände ihre Geschäftskarte, ohne Hintergedanken, aber auch ohne falsche Höflichkeit. Dann kam sie mit über die Straße, um mit mir auf den Bus in die Gegenrichtung zu warten. Nachdem ich mich gesetzt hatte, winkte sie mir noch und ging. Am liebsten hätte ich meine Freude laut herausgeschrien, so etwas war mir seit meiner Pensionierung nicht passiert. Jemand interessierte sich für mich, ich fühlte mich nicht mehr durchsichtig, unnütz, verbraucht.

Zu Hause betrachtete ich mir die Karte genauer. Das Geschäft nannte sich *Sirenen*, was dort verkauft wurde, war nicht angegeben. Wie sie wohl mit Vornamen hieß? Ob sie verlobt war, oder aber getrennt, also frei? Oder verliebt? Wartete sie womöglich auf eine Liebe, oder erholte sie sich von einer?

Gedanken wälzend wie in Studentenzeiten, machte ich mir Nudeln mit Senf.

Zwei Tage ließ ich, wie es sich gehört, verstreichen, dann schickte ich mich an, ihre Arbeitsstätte aufzusuchen. Ich holte einen Anzug aus glücklicheren Tagen aus dem Schrank, ein feines weißes Hemd, und nach langem Schwanken zwischen einer bordeauxfarbenen und einer dunkelblauen Krawatte entschied ich mich für die blaue. Sorgsam rasiert und gekämmt, griff ich nach dem »Roger & Gallet« von vor der Einsamkeit. Während ich meine Wangen mit dem Eau de Toilette betupfte, schloß ich die Augen, um wieder den Kuß zu fühlen, den meine Frau mir jeden Morgen gab, bevor sie krank wurde. Dann betrachtete ich im Spiegel den alten Mann, der ich geworden war, und fand es albern, daß ich mich für eine kleine Göre so in Schale geworfen hatte. Doch ich besann mich rasch. Schließlich wollte ich präsentabel aussehen, kein Mitleid erregen. Gerade wollte ich meinen Hut aufsetzen, da klingelte das Telefon.

»Ja«, sagte ich kurz angebunden.

»Na hör mal, das ist ja ein netter Empfang«, entrüstete sich Colette, nachdem sie sich ein halbes Jahr nicht gemeldet hatte.

Jedesmal wenn sie anrief, wollte sie etwas. Mittlerweile an die Fünfzig, war sie noch genauso fordernd wie mit zehn. Nur ohne den einstigen Charme.

Wegen der hohen Überseetarife kam sie unumwunden zur Sache. Da die Offizierslaufbahn ihres Mannes dem Ende zuging, wollten sie nächstes Jahr nach Frankreich zurückkehren. Ohne das leiseste Zögern in der Stimme schlug sie vor, ich solle ihr doch zu Lebzeiten den Bauernhof in Canapville überschreiben, um die Erbschaftssteuer zu umgehen, wobei sie mit verstörender Selbstverständlichkeit den Anteil ihres Bruders vergaß.

Gereizt durch ihren anmaßenden Ton, konterte ich mit einer Lüge: »Den habe ich verkauft.«

Eine Weile war sie stumm, dann ging der Ton hoch.

»Ohne mir was davon zu sagen? Obwohl du wußtest, wie sehr ich dieses Haus liebe!«

»Das ist mir das Neueste!«

Sie überhörte meinen Einwurf wie üblich.

»Du willst mir doch nicht erzählen«, fuhr sie beinahe aggressiv fort, »daß du Geld brauchtest!«

»Doch. Zu meiner Zerstreuung.«

»In deinem Alter?«

»Lust auf ein bißchen Taschengeld hat nichts mit dem Alter zu tun. Aber sei unbesorgt, der Rest ist angelegt, du bekommst, was dir zusteht.«

Ich hängte ein. Ganz ruhig. Ihre Habgier brachte mich längst nicht mehr aus der Fassung. Das Telefon klingelte erneut, als ich eben die Wohnungstür hinter mir zuzog. Ich ging nicht zurück.

Während ich meinem Schicksal entgegenschritt – mir gefiel dieser pompöse Satz –, dachte ich an den alten Bauernhof in der Normandie. Meine Mutter, die das Landleben haßte, hatte ihn von ihrer Schwester geerbt. Sie war der felsenfesten Überzeugung, die Jüngere habe ihr diesen »gräßlichen verfallenen Schuppen« aus purer Mißgunst vermacht, weil sie ein Leben lang im Schatten der Älteren gestanden hatte. Meine Mutter hatte sich stets mit einer Aura der Überlegenheit umgeben, vor der jegliche Zuneigung verzagte. Überzeugt, daß niemand anderer ihr an Gottesfurcht, Bildung und Aufopferung gleichkomme, schuf sie um sich eine Leere, auf die sie wiederum ihre Theorien über die menschliche Undankbarkeit gründete. Keiner fand Gnade vor ihren Augen, und daß die Erde sich auch ohne sie weiterdrehen könne, war ihr unvorstellbar. Kaum aber war die jüngere Schwester eingeäschert, hatte meine Mutter an dem Gehöft ein Schild *Zu verkaufen* angebracht. Monate darauf wurde das Schild vom Sturm verweht, und das Haus blieb sich selbst überlassen.

Später nahmen meine Frau und ich einen Kredit auf, um das Ganze wieder herzurichten, die Kinder, sagten wir uns, würden glücklich sein, in den Ferien dorthin zu kommen. Aber sie kamen nicht. Zu jener Zeit war die Normandie nicht in Mode. Wäre es nach ihnen gegangen, hätten wir das Anwesen abgestoßen und ein Drei-Zimmer-Appartement an der Côte d'Azur gekauft; sie bedachten dabei freilich nicht, daß ihre Mutter Scheune und Garten nach und nach mit ihren Bildhauerarbeiten füllte, die kaum zu transportieren waren. Wie hatte Colette auch nur einen Augenblick glauben können, ich hätte das Haus verkauft? Auch wenn ich nicht mehr hinfuhr, konnte ich mich doch nicht davon trennen. Was hätte ich mit den Skulpturen anfangen sollen? Ich hätte das Gefühl gehabt, meine Frau zu verraten. Colette hatte nicht einmal gefragt, was aus ihnen geworden sei.

Von der Straße aus sah ich, wie das junge Mädchen Tischtücher faltete. Meine kleine Unbekannte war also Verkäuferin von Artikeln zur Verschönerung des Heims. Im Schaufenster waren lauter hübsche

Dinge ausgestellt, überflüssig, aber anheimelnd: Teewärmer, Kaffeewärmer, Kissen, Kerzen, Gobelinläufer und Stickereien. Mir kam das so sanfte Gesicht meiner Großmutter in den Sinn, wenn sie sich über eine Handarbeit beugte. Ihre von der groben Feldarbeit abgenutzten Hände wurden feinfühlig, ja beinahe zart, wenn sie stickte. Sie tat es heimlich. »Du ruinierst dir für nichts und wieder nichts die Augen«, hätte meine Mutter ihr sonst vorgehalten.

Während ich das Geschäft betrat, hatte ich für einen Moment das wundersame Gefühl, ins Reich einer nicht gelebten Kindheit zu gelangen. Das junge Mädchen kam mit freudiger Miene auf mich zugeeilt, als hätten wir uns ewig nicht gesehen. Sie wollte mich ihrer Chefin vorstellen, einer stämmigen Rothaarigen mit antiken Ringen an den Fingern, da merkten wir beide noch rechtzeitig, daß wir uns gar nicht mit Namen kannten. Schnell kam ich ihr zuvor.

»Guten Tag, Madame«, sagte ich, meinen Hut lüftend. »Armand Leclair.«

Schon schoß die Dame, mich endgültig meiner Illusionen beraubend, auf mich zu: »Ach, Sie sind ihr Großvater? Wie froh bin ich zu wissen, daß Pauline in Paris nicht allein ist. Sehr erfreut«, setzte sie hinzu, indem sie mir beide Hände drückte.

Pauline nickte mir zu, wobei sie mir fest in die Augen sah, und unwillkürlich entfuhr es mir: »Ganz meinerseits.«

»Ihre Enkelin ist ein Schatz. Aber ich habe mich noch gar nicht vorgestellt: Myriam Fell. Ich weiß nicht, was ich ohne sie machen sollte, sie hat eine Gabe, mir sogar die Ladenhüter zu verkaufen. Liegt das vielleicht in der Familie?«

Ich lächelte bescheiden.

Myriam Fell blickte mit einem kleinen Seufzer auf ihre Uhr.

»Pauline, machen Sie Mittagspause, und gehen Sie miteinander essen. Gestern hatten wir tüchtig zu tun, und heute kein Mensch. Wahrscheinlich gibt es wieder mal eine Demo, oder sie versperren die Straße mit ihren Preßlufthämmern, darin sind sie ja groß, die Bürgersteige aufreißen, wieder zuschütten, und nächsten Monat geht es von vorne los. So weit ist es gekommen mit Frankreich.«

Pauline holte ihre Sachen im hinteren Raum.

Im selben Moment trat eine Kundin ein.

»Darf ich Ihnen behilflich sein, Madame?« fragte Myriam Fell, lächelnd übers ganze Gesicht.

»Ich seh mich nur um«, erwiderte patzig die andere.

Myriam Fell sah meine erstaunte Miene.

»Im allgemeinen«, raunte sie mir zu, »habe ich

sehr nette Kundschaft, aber von Zeit zu Zeit verirrt sich eben eine Mißlaunige hierher, die ihren Frust ablassen will, das kennt man ja. Waren Sie auch im Verkauf tätig?«

»So kann man es nicht direkt sagen.«

Pauline kam wieder, und von Myriam Fells wohlwollendem Blick gefolgt, gingen wir miteinander hinaus.

»Komisch, daß sie gedacht hat, Sie wären mein Großvater! Finden Sie, daß wir uns ähnlich sind?«

Verdattert sah ich sie an. Ich hatte die Mutmaßung ihrer Chefin dem Altersunterschied zugeschrieben, und sie dachte ganz schlicht an Familienähnlichkeit.

»Schon möglich, daß wir etwas gemeinsam haben. Sie sind aber nicht verpflichtet, mit mir zu essen, Pauline.«

Mit verschmitztem Lächeln zog sie mich vorwärts. Im Gehen kostete ich den Augenblick aus, in dem ich sie zum erstenmal beim Vornamen genannt hatte. Bei einer kleinen Grünanlage hinter einer Kirche sagte sie, ich solle die Augen zumachen und auf sie warten. Vergnügt schloß ich die Augen. Nach einigen langen Minuten riß ich sie wieder auf, von jäher Angst gepackt, sie hätte mich vergessen. Oder hätte jemanden Interessanteres getroffen als mich. Doch da kam sie gelaufen. Aus einer Papiertasche zog sie zwei Coca-Cola, zwei Portionen Ketchup und zwei Hot dogs. Welche Schmach, so alt zu sein, dachte ich, nicht des Alters wegen, sondern weil ich im Lauf der Jahre so viel Gleichgültigkeit, Frechheit und Verrat erlebt hatte, daß ich niemandem mehr traute.

»Mögen Sie Hot dogs?«

Würstchen mit Ketchup hatte ich wohl seit einem halben Jahrhundert nicht gegessen. Coca-Cola hingegen trank ich bisweilen, hinterm Rükken meiner Kinder. Cola, Zigaretten, Philosophie, Stille, alles, was ich liebte, verabscheuten sie.

»Ja, sehr«, sagte ich leise. »Was bin ich Ihnen schuldig?«

»Sie bezahlen das nächste Mal«, damit öffnete sie ihr Tütchen Ketchup.

»Mit Vergnügen«, sagte ich, um einen sachlichen Ton bemüht, und schnappte mir forsch die Cola wie ein Junger.

Ich trank direkt aus der Büchse, ohne zu merken, daß mir die Hälfte über den Kragen lief.

»Oh, Vorsicht!« rief sie. Und im Eifer des Gefechts, während sie in der Tragetasche nach einer Papierserviette suchte, bespritzte sie mich mit einem Strahl Ketchup. Sprachlos starrte sie auf die roten Spritzer an meinem Hemd und meiner Krawatte.

»Und Ihre Krawatte war so schön«, stieß sie betroffen hervor. »Das geht nie mehr raus. Es ist meine Schuld.«

»Ich habe noch mehr Krawatten, Pauline«, sagte ich lächelnd.

Fassungslos fragte sie: »Dann sind Sie mir nicht böse?«

Am liebsten hätte ich sie in die Arme geschlossen, um sie zu beruhigen, nur fürchtete ich, sie könnte eine solche Geste für eine ungehörige Annäherung halten.

»Unser Mittagessen wird mir immer in sehr angenehmer Erinnerung bleiben.«

»Meinen Sie das ernst?«

»Und ob. Woran es in meinem Leben am meisten gefehlt hat, war zweifellos ein wenig Leichtsinn.«

»Ich muß jetzt gehen«, sagte sie mit einem Blick auf ihre Uhr.

Als ich sie zurückbegleitete, empfand ich, der doch sonst so peinlich korrekt und um das Schickliche besorgt war, so etwas wie Stolz, daß ich mit all diesen Flecken an ihrer Seite ging. Bevor wir das Geschäft erreichten, fragte ich sie mit gebührender Zurückhaltung, ob sie alleinstehend sei.

»Meine Eltern sind bei einem Autounfall gestorben.«

»Oh! Das tut mir leid. Das muß furchtbar für Sie gewesen sein.«

Sie blickte mir gerade in die Augen.

»Vorbei ist vorbei.«

Myriam Fell war über meine Flecke ganz erschüttert, was mir denn passiert sei, wollte sie wissen. Zu meiner eigenen Überraschung fabulierte ich etwas von kleinen Lausejungs, die mich mit Ketchup bespritzt hätten. Sofort rückte sie mir einen Stuhl heran und schimpfte, wie unsicher Paris geworden sei.

»Bitte, setzen Sie sich, ich hole Ihnen ein Glas Wasser.«

Zwischen Gobelinkissen, Wollsträngen, Stoffen und Stickvorlagen verbrachte ich einen köstlichen Nachmittag, ich lauschte ungewohnten Reden, beobachtete die Kundinnen, hörte Pauline vor mir von Colbert-Wolle, Medici-Wolle, einem speziellen Seidenzwirn sprechen und sah, wie sie Aidastoff oder Stramin abmaß. Ja, köstlich war diese Atmosphäre, wattig, weiblich, wie aus einer anderen Zeit. Pauline brachte mir Magazine, Bonbons, schenkte mir Wasser nach. Um bis zum Ladenschluß bleiben zu dürfen, ohne daß es aussah, als wollte ich mich einnisten, schloß ich jedesmal, wenn Myriam Fell vorüberging, die Augen, und schon flötete sie einer Kundin zu: »Der Arme hat einen Schock«, wobei sie meine Ketchup-Geschichte mehr und mehr aufbauschte. Am Ende des Tages war ich von einer Schlägerbande, noch keine fünfzehn Jahre alt, mit Klappmessern angefallen worden.

Um neunzehn Uhr ließ Pauline die eiserne Jalousie herunter.

Auf dem Trottoir dankte ich Myriam Fell für die freundliche Aufnahme. Bevor sie sich verabschiedete, riet sie mir dringlich, Anzeige zu erstatten. Dann war ich mit Pauline allein. Befangenheit trat zwischen uns. Wir mußten uns verabschieden oder aber einen Vorwand finden, um das Beisammensein auszudehnen.

»Es war sehr angenehm mit Ihnen«, sagte ich so sachlich wie möglich.

»Das freut mich.«

Um neunzehn Uhr sieben zerplatzte mein Traum. Über die Straße kam ein junger Mann und küßte Pauline im Nacken.

»Monsieur Armand. Benjamin«, stellte sie uns vor.

»Sehr erfreut«, sagte er und stierte auf meine Krawatte.

Ich haßte ihn von der ersten Sekunde an.

»Auf Wiedersehen, bis bald«, sagte sie mit einer

mechanischen Freundlichkeit zu mir, als gehörte ich tatsächlich zur Familie, dann zogen sie Hand in Hand davon.

Und ich stand da mit meinem Stock, mit diesen Flecken auf meinem Hemd und meiner Krawatte, die ich jetzt als eine Schmach empfand.

Am Boden zerstört von dieser jähen Abfertigung, diesem Sturz zurück in die Wirklichkeit, mußte ich mir ein Taxi nehmen. Was aber sollte aus der Begegnung zwischen einem Leben, das zu Ende geht, und einem, das erst beginnt, denn auch erwachsen? Mißverständnis, Illusion, Mitleid. Ich hatte niemandem etwas vorzuwerfen außer mir selbst. Ich wußte sehr genau, was ich riskierte, als ich mich der Freundlichkeit einer Unbekannten überließ. Ich wußte sehr genau, daß einem Mann meines Alters das kleinste bißchen Zuwendung zum Verhängnis werden kann. Gleichgültigkeit zehrt nach und nach aus, Güte kann tödlich sein.

2

»Wer ist der Alte?« fragte Benjamin in einem herrischen Ton, der ihr mißfiel.

Ihr Gesicht wurde hart, sie entzog ihm ihre Hand.

»So redest du nicht mit mir, ist das klar?«

»Was hast du denn? Ich hab doch bloß gefragt. Der Typ kann mir doch gestohlen bleiben!«

»Mir nicht«, wollte sie sagen, aber sie ließ es. Sie stiegen in Benjamins Wagen, beide stumm. Es war wirklich nicht ihre Absicht, ihnen den Abend zu verderben. Zum erstenmal nahm Benjamin sie zum Essen bei seinen Eltern mit. Aber dieser geringschätzige Ton, in dem er von Monsieur Armand gesprochen hatte und den sie nicht an ihm kannte, verstörte sie, ja sie fühlte sich angegriffen. Auf der Fahrt versuchte sie ein Gespräch in Gang zu bringen, aber es wurde nichts.

Er fuhr ins Parkgeschoß, schaltete den Motor ab. Er wandte sich ihr zu und küßte sie. Sie ließ es über sich ergehen, aber zum erstenmal regte sich bei ihr nichts.

»Heute haben sie mir auch noch den Lack zerkratzt«, fauchte er, während er die Wagentür schloß.

Im Aufzug dann schmiegte sie sich auf einmal an ihn. Sie hatte Angst. Wie jedesmal, wenn ein Junge sie seinen Eltern vorstellen wollte. Angst, in eine richtige Familie zu kommen, wo sie die ungeschriebenen Regeln, den Umgangston nicht kannte. Angst, wie man sie beurteilen würde. Angst, daß diese Leute ihr nicht gefallen könnten. Er mißverstand ihre Geste, hielt sie für Zuneigung.

Er öffnete die gepanzerte Eingangstür. Wie gelähmt, doch innerlich zitternd wie Espenlaub, stand sie in der großen Wohnung.

»Das ist Pauline!« Er präsentierte sie seinen Eltern wie eine Trophäe.

Die erhoben sich. Bescheiden, wohlerzogen trat Pauline näher, alles Weitere den anderen überlassend.

»Guten Abend, Madame, guten Abend, Monsieur.«

»Wir freuen uns, Sie kennenzulernen, Mademoiselle«, antworteten die beiden mit breitem Reklamelächeln und musterten sie von Kopf bis Fuß.

Bei Oliven, Salzgebäck und Champagner blieb Pauline schweigsam, beobachtete, hörte zu. Als die Mutter das Telefon abnehmen ging, redeten die Männer über Autos – verständlich, sie verkauften ja welche. Es war ein befremdliches Gefühl, Benjamin anderswo als in ihren eigenen vier Wänden zu sehen. Bei ihr war er eher zurückhaltend, gefühlvoll, hier nun entdeckte sie einen, der völlig überzeugt war von sich selbst, seinen Ansichten und seinem Geschmack. Gewohnt, daß man ihn vergötterte, jedes seiner Worte, jede seiner Taten rückhaltlos guthieß.

»Sie hätten diese Diesel-Version nie herausbringen dürfen. Das ist nicht unser Label, nicht unser Image.«

»Jaguar bleibt Jaguar.«

»Nein, Papa, die Kundschaft merkt sofort, daß da ein Fordmotor drin ist, es schadet der gesamten Produktpalette. Übrigens sind in der Filiale alle meiner Meinung.«

Das war nicht mehr der Benjamin, der sich mit ihr unter die Bettdecke kuschelte, sondern ein Mann, der sich sehr wichtig nahm und keinen Widerspruch ertrug. Die Mutter kam zurück.

»Du hast lange gebraucht«, sagte ihr Mann. »Es muß Pauline gelangweilt haben, sich unsere Fachsimpeleien anzuhören.«

»Hör mal, ich kann nicht überall gleichzeitig sein. Dein Bruder war dran. Wir können im Juli nicht auf die Insel Ré fahren, sie wollen mit ihrer ganzen Kinderschar hin. Ohne mich.«

»Dann fahren wir im August«, antwortete friedfertig ihr Mann.

»Ja, natürlich! Du läßt mal wieder alles mit dir machen! Daß ich lieber im Juli hinfahre, ist dir vollkommen egal.«

»Mama! Laß uns zu Tisch gehen, ja?« wurde sie von Benjamin unterbrochen.

Und sie gingen zu Tisch. Nach einigem Schweigen fragten sie Pauline, was sie denn beruflich mache.

»Verkäuferin«, sagte sie.

»Ja, aber in einem Luxusgeschäft«, setzte Benjamin rasch hinzu. Als ob es ein Makel wäre, sein Leben auf bescheidene Weise zu verdienen.

»Bekleidung oder Schmuck?« erkundigte sich die Mutter, während sie ihrer Leberpastete zusprach.

»Stich für Stich«, antwortete Pauline mit fester Stimme. »Dreißig auf zehn, vierzig auf zehn.«

»Ach, Zahlen, wissen Sie, das ist nichts für mich...«, versetzte die Mutter.

Sie war beruhigt. Das hier war eine kleine Liebelei, nichts von Dauer. Ihr Sohn kam nach ihr, das wußte sie besser als jeder andere; er liebte Mädchen, die mit Geld um sich warfen, die zu seinen Autos paßten.

Ohne den leisesten Zweifel las Pauline in den Gedanken dieser Frau, und ihr Entschluß stand fest.

»Ich mag Gobelinstickerei«, sagte der Mann.

Seine Frau sah ihn an wie einen Außerirdischen.

»Wie kommst du darauf?«

»Besonders Aubusson-Muster. Meine Frau ist dagegen für moderne Kunst«, erklärte er Pauline.

Pauline nickte. Schade, dachte sie. Als Witwer hätte sie ihn gerne zum Schwiegervater gehabt.

»Pauline bewundert die Malerei von Wisniewski«, sagte Benjamin, um seine Mutter milder zu stimmen.

»Tatsächlich?« Sie war erfreut.

»Nein«, sagte Pauline.

Benjamin parkte seinen Wagen, dann ging er mit ihr hoch, aber sie hatte keine Lust zum Liebemachen. Er beharrte, sie weigerte sich, er wurde wütend, warf ihr vor, sie habe sich bei Tisch unmöglich benommen, und letzten Endes ergab sie sich wie ein Automat, nur damit er still war. Derweil dachte sie an diesen Abend zurück. Die Eltern lebten in ständigem Konflikt, das hatte sie auf Anhieb gespürt. Die konnte sie nicht zur Familie wählen. Sie liebte einfache Menschen, ehrliche Beziehungen ohne viele Worte, so wie mit Monsieur Armand. Im selben Moment, als Benjamin zum Höhepunkt kam, kicherte sie in sich hinein, sie mußte an das Ketchup denken. Er merkte es nicht. Mit einem lauten Wow! fiel er aufs Bett nieder, wie er es gerne tat, zum Zeichen, was für eine tolle Leistung er hingelegt hatte. Aber diesmal ahmte Pauline ihn nicht nach. Ihre Gemeinsamkeit war vorüber, das wußte sie, nur er noch nicht. Dann schlief er bei ihr, und am Morgen stand sie leise auf, ohne ihn zu wecken. Sie schlüpfte in ihren dunkelblauen Faltenrock, den sie immer anzog, wenn sie das kleine Mädchen von vor dem Unfall sein wollte. Sie ging, ohne sich nach ihm umzusehen, ohne einen Gruß zu hinterlassen.

Während sie im Bus ihr Croissant verdrückte, sagte sie sich, daß die kommende Woche schwierig werden könnte. Benjamin würde sie anrufen, ihr vor dem Geschäft auflauern, und dann müßte sie ihm, wie vorher den anderen, sagen, daß es aus war. Er würde fragen warum, sie würde achselzuckend sagen: »Ist eben so.« Und er würde eklig werden.

Sie zupfte ihre Rockfalten zurecht, zog aus ihrer Umhängetasche einen Schokoriegel und fand, daß das Leben schön war und daß sie nie genug bekommen könnte von Paris.

3

Seit vier Tagen setze ich vor Niedergeschlagenheit keinen Fuß vor die Tür. Es ist absurd, wie ich mich verhalte, ich weiß. Was habe ich von unserer Begegnung denn erwartet? Die Wonne, mich noch als ein durchaus lebendiges Wesen zu fühlen, oder wollte ich nur meiner ziellosen Einsamkeit entrinnen? Eine einzige Gewißheit habe ich: Pauline ist ein Zipfelchen blauer Himmel, Hoffnung wider alle Hoffnung. Wenn sie mir zum Verhängnis werden sollte, ist das ohne Belang. Vielleicht hält mein Herz auch nicht durch, aber wie lange warte ich nicht schon darauf, daß es stehenbleibt … Als ich diesen jungen Spund bei ihr sah, habe ich schlicht reagiert wie ein eifersüchtiger Mann, was beweist, daß ich noch zu Gefühlen, Ansprüchen, zu einer alles andere als abgeklärten Erregung imstande bin.

Bei dem Gedanken sprang ich auf und holte die Geschäftskarte aus meiner Brieftasche. Sie war selbst am Apparat.

»Pauline? Hier ist Armand Leclair.«

»Wie geht es Ihnen? Ich wollte Sie auch schon anrufen, aber ich hatte Ihre Nummer nicht.«

Mein Ton klang leicht vorwurfsvoll, was ich sofort bedauerte: »Ich stehe im Telefonbuch.«

Sie lachte. »Daß ich darauf nicht gekommen bin!«

Auf der Stelle beglückte mich ihre fröhliche Stimme, und ich warf mir vor, vier Tage mit meinem Selbstmitleid vergeudet zu haben. Schüchtern fragte ich, ob ich sie am Sonntag zum Essen einladen dürfe.

»Oh, gerne! Ich finde Sonntage immer so gräßlich!«

»Ich auch, aber bestimmt nicht aus denselben Gründen.«

»Ich kann nicht lange sprechen, ich habe eine Kundin. Wann soll ich Sie abholen kommen?«

Verblüfft antwortete ich: »Gegen zwölf.«

Sie notierte sich meine Telefonnummer und die genaue Adresse, und wir legten auf. Normalerweise holt der Mann die Frau ab, aber daß man die Rollen einfach so umkehren konnte, fand ich großartig. Vor Begeisterung holte ich mir eine Cola aus dem Kühlschrank. Seit Pauline war das meine Droge geworden. In dem Moment kam die Dune herein. Als sie mich mit der Büchse sah, sagte sie, nun begreife sie, warum ich manchmal so niedergeschlagen sei, das liege an diesen Aufputschmitteln, die führten zu Entzugserscheinungen, und wenn ich weiter dieses Zeugs tränke, würde ich an einem Herzkasper sterben. Ich dachte, daß das ein herrlicher Tod wäre. Sie stellte auf den Tisch, was sie für mich eingekauft hatte – Magerjoghurt, Biogemüse, Schinken ohne Schwarte, entkoffeinierten Kaffee, Butter mit reduziertem Fettgehalt, Magerkäse und andere gesunde Sachen, die ich nicht ausstehen kann, weil sie mir keinen Genuß bereiten. Dann blickte sie mich aufmerksam an.

»Gegen vorhin sehen Sie ganz verändert aus. Es scheint Ihnen besserzugehen, wie? Haben Sie Nachricht von Ihren Kindern?«

»Ja«, sagte ich, damit sie mich in Ruhe ließ.

»Ach ja, die Kinder, die sind doch das Wichtigste auf der Welt. Woran könnte man sich sonst halten, wie? Ich wüßte gar nicht, was ich machen sollte ohne meine Tochter. Sie stellt aber auch was dar in ihrem Beruf, wissen Sie, und dabei ist sie so lieb zu mir. Man kann sagen, was man will, aber Mutter sein ist doch das Beste im Leben.«

Ich nickte gedankenschwer und versuchte, mich aus der Küche zu stehlen, aber sie ließ nicht von mir ab.

»Ich war mit Ihren Sachen in der Reinigung. Sie sagen, die Flecke sind von Cola und Ketchup. Die gehen nicht raus! Wenn man sieht, was das Zeugs in dem Stoff anrichtet, kann man sich vorstellen, wie das den Magen angreift.«

»Ich bin ganz Ihrer Meinung«, sagte ich bereitwillig lächelnd und verschwand mit meiner Büchse.

Sie hob die Stimme und rief mir nach: »Also, Ihrer Frau hätte das Kummer gemacht. Wo sie diese Krawatte so gern gehabt hat.«

Ich biß die Zähne zusammen. Es ärgerte mich, daß sie sich als Gedächtnishilfe aufspielte. Madeleine hatte sie zu Beginn ihrer Krankheit angestellt, als sie nicht mehr die Kraft hatte, den Haushalt allein zu bewältigen, und im Lauf der Zeit hatte sich die Dune in meinem Heim immer häuslicher eingerichtet. Je schwächer Madeleine wurde, desto mehr blühte diese beschränkte Trutschel auf. Ich verübelte ihr diese parasitäre Energie, ich verübelte ihr ihre aufopfernde Ergebenheit, ich verübelte ihr, daß sie sich in solchem Maße unentbehrlich machte. Jetzt war es zu spät, meine Freiheit wiederzuerlangen. Sie brachte mich ins Grab.

Ich bestellte im *Chalet des Îles* einen Tisch für zwei. Ich wußte, daß die Dune hinter der Tür stand und lauschte.

»Sonntag, dreizehn Uhr«, bestätigte ich.

Sofort kam sie hereingeschossen.

»Madame Léry ist am Samstag«, flüsterte sie, als hätte sie mich bei einem Schnitzer ertappt.

Nachdem ich aufgehängt hatte, stellte ich richtig: »Ja, das am Sonntag ist eine andere Person.«

Auf weitere Erklärung hoffend, heftete sie ihren Blick auf mich.

»Die kennen Sie nicht«, flötete ich.

Erneutes Telefonklingeln lenkte sie ab. Ich nahm den Hörer. Sie sah mich fragend an. Ich sagte, mein Sohn sei am Apparat. Befriedigt kehrte sie in die Küche zurück. Pierre fragte, wie es mir gehe, erzählte allerlei Neuig- und Nichtigkeiten. Währenddessen wartete ich mit einem gewissen Triumphgefühl auf den wahren Grund seines Anrufs.

Nach einem längeren Schweigen fiel dann die Frage: »Sag mal, ist es wahr, daß du das Haus verkauft hast?«

»Warum nicht? Meinst du, ich hätte es zum Andenken an deine Mutter behalten sollen?« fragte ich in dem vollen Bewußtsein, daß seine Antwort für mich entscheidend sein würde.

»Du hättest es mir sagen sollen, ich habe einen sehr guten Notar.«

»Ich hätte es dir gesagt, wenn wir uns letztes Weihnachten gesehen hätten.«

»Du weißt doch, daß ich Notdienst hatte. Ich hoffe, du hast nicht ohne Beistand verhandelt.«

»Doch.«

»Hast du dich wenigstens auf dem Markt umgesehen? Die Preise in der Normandie sind nämlich gewaltig gestiegen, weißt du?«

»Ich weiß.«

»Also, ich habe deine Entscheidung zwar nicht zu kritisieren, aber ... da ist etwas, was ich nicht verstehe.«

Mit neuer Hoffnung glaubte ich, nun werde er von den Skulpturen seiner Mutter sprechen, davon, wo ich sie denn einlagern wolle.

»Was ist das für eine Geschichte mit dem Taschengeld?«

Die Erben vereinigten sich. Der Vater verjubelte das Vermögen, da hieß es zusammenstehen.

»Weißt du, wie teuer die Zigaretten geworden sind?« brummelte ich im Unschuldston.

»Ich finde das nicht witzig! Wenn du Geld nötig hast, sind wir doch da, du hättest doch nur zu fragen brauchen«, sagte er erbittert.

Es war das erstemal, daß es ihn kümmerte, ob ich mit meiner Pension auskam. *Fragen!* Niemals hätte ich das fertiggebracht. Ich mußte an meine Großmutter denken, die ihrer Tochter Rechenschaft auf Heller und Pfennig abzulegen hatte. Wie demütigend, eine solche Abhängigkeit, wenn ein Mensch nicht die Mittel hat, in Würde alt zu werden.

»Wir sprechen noch mal darüber, wenn du von deinem Urlaub zurück bist.«

»Wie du willst, Papa. Bleibst du in Paris?«

Ich sah wahrlich nicht ein, was es bringen könnte, allein irgendwohin zu fahren.

»Ja«, antwortete ich, »ich habe Freunde eingeladen.«

»Wird dir das nicht zu anstrengend?«

»Ich finde Anstrengungen wunderbar. Bis bald, Pierre, wir hören voneinander.«

Und ich legte auf. Ich war mir sicher, er würde sehr unruhige Ostertage verbringen. Er gehörte zu den Menschen, die von einem Problem nicht loskommen.

Endlich konnte ich in meinen Sessel sinken und meine Cola genießen. Ich dachte an Pauline, ein so feines Wesen, ohne einen Menschen, der sie leitete, ein wehrloses junges Mädchen, das nichts Böses kennt. Welch leichte Beute für narzißtische Lüstlinge, jeden dahergelaufenen Benjamin. Aber jetzt war ich da, sie zu beschützen, sie vor allem Übel zu bewahren, sie in Museen zu führen, in Konzerte, nach Schloß Bagatelle hinaus; wie vieles konnten wir miteinander unternehmen, sie hatte mir wieder Lust zum Fröhlichsein geschenkt.

Mit einemmal kam mir der Gedanke, mein Auto wieder in Gang zu setzen. Schneller als sonst erhob ich mich, nahm Mantel und Stock und machte mich auf zur Garage. Nach dem Tod meiner Frau hatte ich nicht mehr Auto fahren wollen, ich wollte nicht mehr reisen, nicht mehr den Garten bestellen, nichts wollte ich mehr, was wir gemeinsam erlebt hatten. So ging ich den Weg, übermannt von Bildern, Madeleine auf einer Trage liegend, in eine Ambulanz geschoben, von einem Krankenhaus zum anderen gebracht, und ich von früh bis spät an ihrer Seite, ohnmächtig ihrem Leiden gegenüber, ihrem langen Sterben, und niemand da, der uns half. Beide waren wir in ein Abseits geraten, abseits des Lebens, abseits der Zeit, ohne zu begreifen, wie uns geschah, und einer klammerte sich an den anderen. Diese grausigen Gedanken, die einem durch den Sinn schießen (»Wenn es doch zu Ende wäre ...«), und auf einmal dann ihr Lächeln, das einen ergreift und einem den verzweifelten Mut wiedergibt, nicht aufzugeben, geduldig zu warten. Bis sie, mit völlig zerstochenen Armen, unter Morphium entschlief, und ich ihre bläulichen, durchscheinenden Lider küßte, wie ich sie ein Leben lang geküßt hatte ...

Ich zog die Plane von dem alten Citroën Kombi und schloß die Batterie an, das einzige, was ich von Automechanik verstehe. Beim dritten Versuch sprang der Motor an. Ich deutete es als günstiges Zeichen.

Sonntag. Elf Uhr vormittags. Ich bin fertig zum Ausgehen, warte voll Ungeduld. Ich kann mich weder zwingen zu lesen, noch Musik hören. Sitze nur und zähle die Minuten, die mich von ihr trennen. Plötzlich ist die Angst wieder da, diese tückische Gewohnheit, das Vertrauen zu verlieren und einer fatalen Logik nach überzeugt zu sein, daß immer das am wenigsten Erwünschte eintritt. Fünf vor zwölf würde sie anrufen: »Ich bin leider verhindert, es tut mir leid, ich rufe Sie nächste Woche an.« Für sie wäre es lediglich ein verschobenes Rendezvous, was zählen in ihrem Alter schon Tage, was wußte sie von Einsamkeit? So erging ich mich in meinen Greisenzynismen, da hörte ich es an meine Tür trommeln. Laut schlug mir das Herz, ich ging öffnen. Sie war es.

»Ihre Klingel funktioniert wohl nicht, ich klopfe bestimmt schon fünf Minuten, haben Sie mich nicht gehört?«

Taub bin ich nicht – oder, nun ja, ein klein wenig auf dem linken Ohr, aber ich hütete mich, das zuzugeben.

»Ich war am anderen Ende der Wohnung, aber treten Sie doch ein«, sagte ich und nahm die frische weiße Hand, die sie mir bot. Die andere, die sie zuerst hinterm Rücken verborgen hielt, überreichte mir einen kleinen Veilchenstrauß.

»Das war doch nicht … vielen Dank«, stammelte ich verlegen.

»Es macht mir Freude, Monsieur Armand.«

Mißtrauisch beäugte sie die vielen Bücher, die auf den Regalbrettern in der Diele und im Wohnzimmer standen. »Haben Sie die alle gelesen?«

Ich nickte, während ich mich fragte, ob ich heute auf meinen Stock verzichten könnte.

»Und jetzt, was ist jetzt?«

Ich vermochte ihr nicht zu antworten, ich hätte ihr sonst den Sonntag verdorben. Wie auch soll man einem jungen Mädchen sagen, daß man, nachdem man studiert, gearbeitet, geheiratet und Kinder gezeugt hat, auf einmal allein dasteht, außerhalb der Gesellschaft, ohne Illusionen, umgeben von Büchern und erinnerungsschweren alten Möbeln, die langmütig darauf warten, daß man stirbt, um schließlich anderen Leben in Stummheit beigesellt zu werden, bis eines Tages einer so klug ist, sie als Voyeure zu begreifen und zu verbrennen?

»Jetzt? Jetzt gehen wir essen.«

Vorher begleitete sie mich noch in die Küche, und während ich eine Vase mit Wasser füllte, zerschnitt sie den Bindfaden um die Veilchen. Sie hier, neben dem Foto meiner Frau auf dem Kühlschrank – es trieb mir Tränen in die Augen. Sie sagte nichts dazu.

Meinen Stock ließ ich zu Hause.

»Ich wußte nicht, daß Sie noch Auto fahren«, sagte sie, als sie in den Wagen stieg.

Das kleine Wörtchen grätzte mich einen langen Teil der Fahrt. Mir war ohnehin unwohl genug, weil ich drei Jahre nicht mehr am Steuer gesessen hatte. Ich begann mich erst in dem Moment zu entspannen, als sie in vertraulichem Ton sagte: »Ich glaube, wir haben eine rote Ampel überfahren.« Diese Art, sich mit mir zu verbrüdern, erlöste mich von der Angst, nicht mehr auf der Höhe zu sein. Ich fand das Vergnügen wieder, Gas zu geben und die Gänge zu schalten, und für ein Weilchen hatte ich das Gefühl, daß die Zukunft vor mir lag.

Im Bois de Boulogne setzten wir mit dem kleinen Schiff über, das zwischen dem Ufer und dem *Chalet des Îles* hin- und herfährt. In der Mitte des Sees holte mich plötzlich die Vergangenheit wieder mit bleiernen Sohlen ein. Ich sah uns, meine Frau und mich, wie wir an einem schulfreien Donnerstag nachmittag mit den Kindern eine Bootsfahrt machten. Die Enten und Schwäne waren noch da. Nur magerer.

Hoffentlich bittet Pauline mich nicht, ein Ruderboot zu mieten.

Der Oberkellner führte uns zu dem reservierten Tisch. Er schob uns die Stühle unter, entfaltete unsere Servietten und legte uns die Speisekarten geöffnet vor. Pauline war von dem Luxus des Dekors und der Eilfertigkeit des Personals sichtlich beeindruckt.

»Entschuldigen Sie, daß ich das frage, aber was waren Sie vor Ihrem Ruhestand?« fragte sie mit einer Befangenheit, als wäre Arbeiten eine Krankheit.

Ruhestand ... Das, wovon die Jugend träumt. Wie soll sie ahnen, daß er jahrelanges Herumtappen bedeutet und einem fast ebenso lang wird wie die Jahre des Tätigseins; daß er nicht den Anfang der Ruhe bedeutet, sondern ein langwieriges und oft schmerzliches Sich-wieder-Zurechtfinden. Daß er eine Lehrzeit ist, oder aber ein Tunnel.

»Ich habe Philosophie unterrichtet.«

Sie fuhr auf. »Studienrat waren Sie? Das hätte ich nicht gedacht.«

»Ist das ein Kompliment?«

»Nein. Ich meine, das ist doch ein Beruf, der nicht gerade lustig ist.«

»Ich denke, daß ich ihn in Ehren, mit Leidenschaft und Wohlwollen ausgeübt habe. Ist Ihnen Philosophie in unguter Erinnerung?«

»Ich bin vorher abgegangen. Vielleicht hätte es mir gefallen.«

»Dazu ist es nie zu spät. Wenn Sie wollen, kann ich Ihnen manches erzählen.«

»Ich will Ihnen nicht die Zeit stehlen.«

Ein Paar, das sich am Nebentisch stritt, hinderte mich, ihr zu sagen, wie gerne ich ihr alle meine Zeit schenken würde, aber dann war ich froh, daß ich mich nicht zu drängend hatte äußern können. Pauline hatte sich umgedreht und die Leute in entschiedenem Ton gebeten, nicht so laut zu sein.

Darauf bekannte sie mir mit einem breiten Lächeln: »Bücher machen mir angst, dazu liebe ich einfach das Leben zu sehr.«

Entgeistert wandte ich ein, das schließe sich doch nicht aus. Der Beweis dafür sei, daß ich, seit ich das Leben nicht mehr liebte, meine Bücher nicht mehr anrührte. Sie richtete sich sehr gerade auf.

»Warum lieben Sie das Leben nicht mehr?«

»Das Leben, das ist doch nur ein Begriff, Pauline. Man liebt Menschen, Tiere, Orte. Manchmal ist es *ein* Mensch, der unsere ganze Liebe beansprucht, und wenn man ihn verliert, gehen die Dinge, anders als man landläufig glaubt, trotzdem weiter ihren Gang. ›Uns fehlt ein einziges Wesen‹, sagt Giraudoux, ›dabei wimmelt es um uns von Menschen.‹ Verstört sieht man sich von Statisten umgeben, man sucht Vergessen in der Einsamkeit, aber die Einsamkeit dörrt aus, anstatt zu erheitern. Das ist es, was ich dem Leben verüble. Wollen wir jetzt bestellen?« schloß ich in munterem Ton.

Ganz ratlos angesichts meiner Schmährede, blickte sie auf ihre Speisekarte nieder. Mir wurde mit einemmal wunderbar wohl zumute. Sein Unglück in Worte fassen und ein offenes Ohr für diese Worte finden, das war unstreitig das beste Mittel gegen die Bitternis.

»Daß Sie unglücklich sind, hätte ich nicht gedacht«, sagte sie, während sie die Vorspeisen überflog. »Sie wirken so … so ausgeglichen.«

»Ausgeglichen, ja, das ist das treffende Wort. Großes Glück, großes Unglück, ein paar Freuden und der Preis dafür.«

»In einer Fernsehsendung hat eine Schauspielerin gesagt, Bücher trösten über alles hinweg.«

»Was für ein Unsinn. Ein Buch ist ein Spiegel, ein Echo, mitunter gibt es eine Antwort, aber meistens wirft es nur noch mehr Fragen auf. Es kann hervorheben, beleuchten oder auch verdunkeln, aber hinwegtrösten kann es über nichts. Ich werde den Schlemmersalat, das Filet Rossini und Crème brûlée nehmen.«

»Nicht besonders Bio, oder?«

»Ich esse das ganze Jahr Diät. Weißen Burgunder?«

»Das gleiche wie Sie.«

Sie klappte die Speisekarte zu und fragte, welche Bücher ich ihr empfehlen könne. Ich rief den Kellner. Ich mochte darauf nicht antworten, zusehen, wie sie sich Titel aufschrieb und mit einer Liste abzog. Nach der Bestellung ließ ich meinen Blick wohlgefällig über die Tische ringsum schweifen, diese unverheirateten Paare, diese Patchworkfamilien mit ihrer bemühten Unterhaltung, um den Anblick von Hochglanzharmonie zu bieten. Dann betrachtete ich Pauline.

»Ich könnte Ihnen antworten, Spinoza hat dies gesagt, Kant jenes, Schopenhauer fügt hinzu, Sartre wendet ein, aber wozu? Fragen Sie sich lieber selbst, was das Dasein ausmacht, Pauline, was Gewissen, Urteil, Verantwortung ist. Und dann schauen wir, ob alle diese toten alten Herren das gleiche dachten wie Sie. Was ich Ihnen, mit anderen Worten, sagen will, ist, daß die Bücher Ihnen keinerlei Nutzen bringen, wenn Sie nicht selbst klare Vorstellungen im Kopf haben, zumindest eine Idee davon.«

Ich hielt inne. Unwillkürlich war ich in meine Einführung in die Philosophie zu Schuljahresbeginn verfallen, und sie hing an meinen Lippen, als seien die Worte nur für sie bestimmt.

»Darf ich etwas sagen?«

»Selbstverständlich, Pauline.«

»Wenn man Ihnen zuhört, erscheint alles möglich.«

Sehnsucht überflutete mich. Für einen Moment

war meine Leidenschaft für die Philosophie, die mich einst getrieben hatte zu lehren, zu übermitteln, alles andere hintanzustellen, wieder aufgeflammt. Doch im Innersten wußte ich, daß diese Leidenschaft nicht mehr existierte, daß sie den Tod meiner Frau nicht überlebt hatte. Gegenüber dem Tod eines geliebten Menschen versagen alle Denksysteme, es sind nur mehr Hülsen, denen der Sinn abhanden gekommen ist. Es sei denn, Pauline hätte die Macht, meinen Büchern zu neuem Leben zu verhelfen, indem sie ihr etwas sagten.

Die ganze Mahlzeit über sprach sie von sich. Ihr Lebensplan: ein Ehemann, eine Schwiegerfamilie, Kinder, Hunde, eine Katze, ein großes Haus … Und ich, vom Burgunder leicht benebelt, nickte dazu. Was die Ideen angeht, war sie für Ökologie und fairen Handel. Sie fand, daß Linke und Rechte sich glichen, daß aber der Pariser Bürgermeister besser daran getan hätte, die Busse zu elektrifizieren, anstatt den Autoverkehr einzuschränken. Kurzum, ihr war es um ein wenig Kultur und Originalität zu tun, und anscheinend hoffte sie dabei auf mich, so wie man von seinem Friseur erwartet, daß er einem ein »neues Aussehen« gibt.

»Ich könnte probieren, ob ich noch imstande bin, Ihnen Stunden zu geben.«

»Wäre das teuer?«

Ich fuhr auf.

»Teuer? Eher müßte ich dafür bezahlen, daß jemand mir zuhört.«

Sie blieb stumm. Vielleicht hatte ich sie verletzt. Ernst aß sie ihre Crème brûlée.

Auf einmal wieder heiter, fragte sie: »Wollen wir nicht ein Ruderboot mieten?«

Ich wurde rot. Da hatten wir den Unterschied zwischen uns. Ich war nicht mehr in der Lage zu rudern, sie aber konnte tun und lassen, was sie wollte.

Noch bevor ich von den Problemen mit meinen Lendenwirbeln anfangen konnte, setzte sie hinzu: »Rudern würde natürlich ich.«

Hatte sie etwas erraten? Im Zweifel nahm ich es für Zartgefühl.

Es war ein beglückendes Erlebnis zu sehen, wie sie zwischen den Familien und Liebespärchen auf dem See manövrierte wie ein kleiner Maat. Außer als das Gesicht meiner Frau sich vor das ihre schob, als wollte es mich mahnen, daß es Erinnerungen gibt, die unvergleichlich sind. Andererseits war auch nichts Unrechtes dabei. Ich warnte Pauline vor Hindernissen oder wenn andere Fahrzeuge uns zu nahe kamen, und sie verfuhr damit, wie es ihr paßte, nahm den einen die Vorfahrt, schubste die Bummelanten an, kurz, machte sich ein diebisches Vergnügen daraus, die anderen herumzubugsieren.

Der Zauber verflog, als ich, wieder auf festem Boden, meine schmerzenden Wirbel spürte. Während wir in straffem Schritt zum Auto eilten, weil sie um achtzehn Uhr zu Hause sein wollte, sagte sie, wie glücklich sie sei, daß sie diesen Tag mit mir hatte verleben dürfen.

»Ich ebenso«, sagte ich, während ich ihr die Beifahrertür aufhielt.

Obwohl etwas außer Puste von unserem Marsch, lächelte ich tapfer weiter, um mir nichts anmerken zu lassen, und nahm erleichtert hinter dem Steuer Platz. Ich drehte den Zündschlüssel, der Motor begann zu stottern, dann war Stille. Angespannt versuchte ich noch mehrere Male zu starten, doch das Auto muckte nur leicht.

»Ich glaube, er ist abgesoffen«, meinte Pauline mit einem besorgten Blick auf ihre Uhr. »Man muß ein bißchen warten.«

Nach einer Minute Ruhe machte ich einen neuen Versuch, ohne Erfolg. Es fing an zu regnen. Erbittert stieg ich aus und ging die Motorhaube öffnen. Weil ich absolut keine Ahnung hatte, betastete ich aufs Geratewohl zwei, drei Teile des Motors, versuchte einen Riemen zu bewegen, zog ein langes Gerät heraus, das mir die Hände schmierig machte.

Ich beugte mich vor, um Pauline zu sagen, daß ich den Fehler nicht fände, aber sie war verschwunden. Ich richtete mich auf, da sah ich sie. Sie sprach mit einem jungen Mann, der aus einem roten Wagen stieg. Beruhigt sah ich sie mit ihm zurückkommen.

»Sie haben Glück«, sagte er und schwenkte mit Zwicken versehene Kabel.

Er schloß meine Batterie an seine an, dann setzte er sich statt meiner hinters Lenkrad.

Pauline setzte sich neben ihn. Ich blieb im Regen stehen und sah zu, wie sie, die Augen auf ihrer Uhr, bei jedem vergeblichen Versuch die Brauen runzelte.

Der junge Mann verließ mein Auto und pflanzte sich vor mir auf.

»Tut mir leid, Ihre Batterie ist völlig leer, ehe sie mir meine auch noch leer macht, rufe ich Ihnen besser den Pannendienst. Und seien Sie unbesorgt, ich bringe die junge Dame nach Hause.«

Pauline sagte auf Wiedersehen und küßte mich auf die Wangen.

»Ich rufe Sie nächste Woche an, und nochmal danke für alles.«

Damit setzte sie sich zu ihm, als kenne sie ihn schon seit langem. Wieder fühlte ich mich von einem Augenblick zum anderen bis ins Tiefste zerrissen. Unser Beisammensein, meine Kenntnisse hatten sie ein paar Stunden unterhalten, aber der erstbeste junge Mann hatte Vorrang. Die Hände voller Schmiere, die Kleider durchweicht, saß ich hinterm Lenkrad und starrte auf die offene Motorhaube im strömenden Regen. Ein paar Tage hatte ich geträumt, ich könnte ein wenig wie andere leben, welch ein Irrtum. Aber was denn auch leben? Sie konnte niemals meine Frau werden noch meine Tochter, noch meine Geliebte, und was wäre dann ihr Platz? Pauline hat ein Recht auf die Freuden ihres Alters, und ich habe Hoffnung und Hoffnungslosigkeit verwechselt. Alles, was ich ihr bieten kann, ist eine Bücherliste, damit sie bei Ungebildeten Eindruck schinden kann.

Um die Zeit zu überbrücken, bis der Pannendienst eintraf, öffnete ich das Handschuhfach und entdeckte ein Päckchen Zigaretten aus der Zeit, als ich in den Krankenhäusern warten mußte. Ich zog mir eine heraus, und als der Mechaniker kam, bat ich ihn, sie mir anzuzünden.

4

Pauline sah Mathieu, und sie war hin und weg. Und weil das gegenseitig war, fuhren sie miteinander los. Monsieur Armand hatte sie völlig vergessen. Und sie fuhr nicht nach Hause. So wichtig war ihr die Fernsehsendung denn doch nicht.

Über der Arbeit und Mathieu blieb ihr keine Zeit, Monsieur Armand anzurufen. Er schickte ihr eine Nachricht, daß er gut heimgekommen sei, daß er eine neue Batterie habe und daß es ihm unendlich leid tue. Sie fragte sich, was. Ein bißchen überdreht, diese Herren Intellektuellen. Außerdem war es schon ein starkes Stück, wie er einem jede Lust, ein Buch aufzuschlagen, vermieste. Aber nett war er trotzdem. Aufmerksam und rührend. Sie würde ihn in den nächsten Tagen anrufen.

Am Ostersonntag nahm Mathieu sie mit nach Tréport. Auf der Autobahn, Musik aufgedreht, fuhr er, Kaugummi kauend, schnell wie ein Verrückter und legte ihr ständig seine feuchte Hand auf den Schenkel. Sie betrachtete ihn von der Seite und fand ihn auf einmal blöd.

Es wurde ein langweiliger Tag, und kalt war ihr, auch wenn eine Portion Muscheln ihr kurze Zeit Wärme gab. Er fand es toll, über den Kieselstrand zu stapfen, sie hatte feinen Sand lieber, in den sich der Fuß eingräbt. Endgültig aus war es, als er sich brüstete, daß er mit seiner ganzen Familie zerstritten war.

Um achtzehn Uhr setzte er sie vor ihrem Haus ab, mit knappem Gruß schlug sie die Wagentür zu und lief hinauf, um die Sendung anzusehen, die sie am letzten Sonntag verpaßt hatte. Dann rief sie bei Monsieur Armand an, aber dort nahm niemand ab.

5

Davon, daß ich im Regen den Helden hatte spielen wollen, war ich fast die ganze Woche ohne Stimme und konnte deshalb der Versuchung, Pauline anzurufen, nicht nachgeben. Am Sonntag stand ich um sechs Uhr in der Frühe auf und ging meine Frau besuchen, die an einem Ostermorgen gestorben war. Für gewöhnlich begleitet mich mein Sohn zum Père-Lachaise und nimmt mich dann mit nach Dijon, damit ich auf andere Gedanken komme. Er gibt sich große Mühe, mir Schach oder Bridge auf seinem Computer beizubringen, und am Montag nachmittag setzt er mich in den Zug. Schließlich muß die Apotheke am Dienstag morgen öffnen.

Am Grab holte ich einen dicken schwarzen Filzstift aus der Tasche und schrieb meinen Namen neben den meiner Frau. Mein Entschluß stand fest. Als ich zurücktrat, um bei Lebzeiten unsere beiden Namen vereinigt zu sehen, zwinkerte mir ein Junge zu, dessen Mutter in Andacht an einem Nachbargrab stand. Ich lächelte zurück, und in dem Moment begriff ich, weshalb ich tun wollte, was man in den Anzeigen das »Unwiderrufliche« nennt. Ja, ich wollte zu meiner Frau, vor allem aber wollte ich Pauline fliehen. Meine männliche Würde bewahren, ausschließen, daß ich mich an einen Strohhalm klammerte. Und ihr eine nette Erinnerung hinterlassen – falls man das Bild eines alten Schwadroneurs mit leerer Batterie und offener Kühlerhaube so bezeichnen konnte. Immerhin traute ich ihr zu, daß ihr Gedenken mich verschönern würde. Junge Mädchen wie sie neigen zum Idealisieren.

Zu Hause dann spazierte ich wie ein Fremder durch die Wohnung, um einen letzten Blick auf das zu werfen, was mein Leben begleitet hatte. Alles erschien mir kalt, staubig, erstarrt. Ich betrachtete meine Bücher und fragte mich, welche davon meine Kinder wegwerfen, welche sie behalten und welche sie als Meterware verschleudern würden. Das meiste scherte mich nicht, nur um bestimmte Werke, die soviel für mich bedeutet hatten, machte ich mir Sorgen. Ich wünschte inständig, sie könnten weiterleben, andere Leser finden, neue Liebesbande knüpfen. Ich hätte sie Pauline vermachen können, aber ich hatte nicht mehr die Kraft. Wer seinen Aufbruch zu gut vorbereiten will, verschiebt ihn. Schon vor Jahren hatte ich wegen meiner Bibliothek auf einen Umzug verzichtet.

Ich zog den Knoten meiner fleckigen Krawatte

fester, während ich ins Wohnzimmer ging. Mehrmals klingelte das Telefon. Anstatt abzunehmen, sah ich auf meine Uhr: Es war neunzehn Uhr vierundfünfzig. Zum letztenmal in meinem Leben.

Auf einen alten Bogen mit Briefkopf schrieb ich: »Ich habe meine Tage beschlossen. Dank an alle.« Und ging ins Bad.

6

Am Ostermontag läutete die Dune bei Monsieur Armand, sie wollte ihm einen Schokoladenhasen bringen. Aus Menschenliebe. Nach einer Weile ungeduldig, schimpfte sie auf die störrischen Greise, die sich trotz Taubheit gegen ein Hörgerät sträubten, und schloß die Wohnungstür mit ihrem Schlüssel auf, doch zum erstenmal, seit sie ihn kannte, hatte er die Sicherheitskette vorgelegt, und sie konnte nicht hinein. Verwundert und beunruhigt rief sie mehrmals: »Monsieur Armand«, und als keine Antwort kam, unterrichtete sie die Nachbarn.

Die Feuerwehrleute sprengten die Tür, dann betraten sie die Wohnung, und Frau Dune folgte ihnen, wobei sie, ihren Hasen vorweisend, sagte, sie sei die Zugehfrau. Sie fanden den Wohnungsinhaber im Bad, er lag, völlig angekleidet, zusammengesunken auf dem Fliesenboden. Während sie Wiederbelebungsversuche unternahmen, entdeckte Frau Dune, die sich ins Wohnzimmer zurückgezogen hatte, den Brief auf dem Schreibtisch. Als die Männer mit der Trage vorübergingen, zeigte sie ihnen die Abschiedsworte und zerquetschte, als sie sich über Monsieur Armand beugte, um ihn zum Abschied zu küssen, ihren Osterhasen. Einer der Männer sagte zuversichtlich: »Er wird schon durchkommen.«

Sie bekreuzigte sich und gab ihm die Hand: »Danke, Monsieur. Danke in seinem Namen.«

Sie hatten ihn in eine Wärmedecke eingehüllt. Frau Dune, die auf den Schlosser warten mußte, beantwortete die Fragen der Polizei, die mit dem Rettungsdienst eingetroffen war.

Nachdem alle fort waren, nahm sie das Adreßbuch von Monsieur Armand, um seine Kinder zu benachrichtigen. Sie erreichte Pierre über sein Handy. Er nahm die Nachricht auf wie einen persönlichen Angriff. Endlos zeterte er Frau Dune die Ohren voll, er verstehe eine solche Feigheit, einen solchen Egoismus nicht, wie man seine Familie mitten im Osterwochenende in Trauer stürzen könne, und das ohne jede Vorwarnung, nur diese kargen Abschiedsworte, er werde Jahre brauchen, um das zu verdauen. Überdies saß er auf einer griechischen Insel fest und konnte erst am übernächsten Tag die Fähre nehmen. Bevor er einhängte, sagte Frau Dune ihm noch rasch die Worte des

Feuerwehrmannes: »Er wird schon durchkommen.« Pierre gab keine Antwort mehr.

Sie war heilfroh, als sie bei der zweiten Nummer auf Colettes Anrufbeantworter in Kanada traf. Sie beschränkte sich auf eine knappe Mitteilung, sie war es plötzlich leid, das Geschehene samt allen Einzelheiten herzubeten. Dann schleppte sie sich in die Küche, nahm sich sechs, sieben Stücke Würfelzucker und zerkaute sie krachend, um gegen das Unbehagen anzukämpfen, das sie befallen hatte. Wieder sah sie Monsieur Armand dort auf den Fliesen liegen, so allein. Und zum erstenmal beschlich sie Angst vor der Zukunft. Ohne sie wäre er wahrscheinlich tot. Gewiß, er hatte Kinder, aber die wohnten weit weg. Genau wie ihre eigene Tochter, von der sie schon lange nichts mehr gehört hatte und die bestimmt nicht da wäre bei ihrem letzten Seufzer. Jocelyne war die soziale Leiter hochgestiegen, hatte eine Hürde nach der anderen übersprungen, alles mit diesem künstlich begeisterten Lachen, das sie schon als kleines Mädchen immer vorm Spiegel geübt hatte, da kam es für sie doch gar nicht in Frage, sich zu einer Mutter zu bekennen, die ihr das Studium bezahlt hatte, indem sie bei anderen Leuten den Scheuerlappen schwang. Es war schon ziemlich lange her, daß Jocelyne von ihr fortgegangen war, aber je länger sie anderen von ihrem Glück, Mutter zu sein, vorschwärmte, desto mehr glaubte sie schließlich selbst daran.

Beim letzten Zuckerstück schrak sie zusammen, das Telefon klingelte. Unwillig nahm sie ab, sie dachte, es sei Colette, die Näheres wissen wollte. Ein junges Mädchen, das sie nicht kannte, fragte, ob sie Monsieur Armand sprechen könne. Mit belegter Stimme antwortete sie, er habe ein Gesundheitsproblem und sei ins Cochin-Krankenhaus gebracht worden. Nachdem sie aufgelegt hatte, ohne auch nur gefragt zu haben, mit wem sie gesprochen hatte, betrachtete sie ihre von Putzmitteln ausgelaugten, knochigen und verkrümmten Hände, und ihr Leben auf allen vieren zog an ihr vorbei. Wenn sie aufrecht stand, machte sie was her, tat gutgelaunt, damit die anderen sie schätzten, aber ihr wahres Gesicht, das zeigte sie nur den Parkettböden und den Fliesen. Die verachteten sie nicht. Sie nahm sich noch ein Stück Zucker, da hörte sie den Schlosser kommen.

»Kann ich Ihnen was anbieten, während Sie reparieren?« fragte sie in beinahe düsterem Ton.

»Das ist aber nett, es gibt nicht viele Leute, die unsereinem was anbieten. Einen Kaffee hätte ich gern.«

Sie schürzte nur leicht die Lippen zu einem Lächeln. In ihr war eine kleine Feder gesprungen, auch wenn sie es noch nicht wußte.

Pauline lief eilig zum Krankenhaus. Sie fragte nach dem Zimmer von Monsieur Leclair.

Der Mann in der Aufnahme tippte eine ganze Weile auf seiner Tastatur.

»Zur Zeit darf er keinen Besuch empfangen, er ist auf der Intensivstation. Gehören Sie zur Familie?«

Ohne Zögern sagte sie: »Er ist mein Großvater.«

»Wenn Sie warten können, versuche ich, den Arzt zu benachrichtigen.«

»Ich habe Zeit. Ist es schlimm, was er hat?«

»Ich weiß es nicht, Mademoiselle.«

Pauline nickte. Nach dem Unfall ihrer Eltern war es das gleiche gewesen. Niemand hatte ihr etwas gesagt, trotzdem hatte sie verstanden, daß sie nun nie mehr hören würde, wie sie sich anschrien, wie sie herumbrüllten mitten in der Nacht, und daß sie jetzt endlich schlafen könnte, statt unter der Bettdecke zu schluchzen. Darum hatte sie nicht geweint, als ihre Patentante ihr mit aller Behutsamkeit und Geduld erklärte, ihre Eltern seien auf eine lange Reise gegangen und Pauline würde die beiden nicht wiedersehen. Sie hätte der Tante um den Hals fallen mögen, als die hinzufügte, von nun an würden sie beide zusammenbleiben.

Ihre Mutter war zu jung gewesen. Geschminkt, vom frühen Morgen an zurechtgemacht, hatte sie ihr Kind nie geküßt, bevor sie aus dem Haus ging, aus Furcht, es könnte sie mit seinem Marmeladenmund beschmieren. Sie war Vertreterin für Modeschmuck und kam erst am späten Abend heim, wenn Pauline schon schlief. Ihr Vater war arbeitsloser Konditorgehilfe und trank, während er auf ihre Rückkehr wartete. Fast jede Nacht von Streit geweckt, hörte Pauline, wie ihre Mutter schrie, daß sie ihn verlassen werde, daß sie es satt habe, ihn durchzufüttern. Er brüllte »Schlampe« und andere Schimpfwörter, zerschlug Geschirr. Sie warf ihm dafür regelmäßig an den Kopf, was für einen Haufen Männer sie gekannt habe, bevor er ihr das Kind angehängt hatte, und knallte die Zimmertür. Er schrie immer lauter, bis er in einer Ecke zusammensackte und Stille einkehrte.

An einem Samstag wollten sie Pauline mit ihrem Koffer zu ihrer Patentante aufs Land bringen. Sie wollten in Ruhe, ohne die Kleine, versuchen, sich noch einmal zu versöhnen. Es war schönes Wetter, die Mutter fuhr den nagelneuen Opel, mit offenem Verdeck. Pauline saß hinter ihnen. Sie spielte Luftschnappen und übte, ihren Atem so lange wie möglich anzuhalten. Die Mutter sah im Rückspiegel nach ihr.

»Schnall dich an, Pauline!«

»Nein!« sagte sie trotzig.

Er fiel ein: »Hör auf deine Mutter, und mach keinen Scheiß!«

»Ich will nicht«, gab sie, voller Haß auf die beiden, zurück.

»Du schnallst dich jetzt sofort an, Pauline!« befahl die Mutter mit ihrem großen rotbemalten Mund, der sie nie küßte.

Bockig zog sie die Beine hoch, schlang die Arme darum und kauerte sich in den Sitz. Die Mutter drehte sich mit ausgestreckter Hand nach hinten, um sie zu ohrfeigen. Während sie sich umwandte, um das Kind zu erwischen, geriet das Auto von der Straße ab und außer Kontrolle. Pauline wurde hinausgeschleudert, bevor der Wagen gegen einen Baum prallte. Sie blieb am Leben, weil sie sich geweigert hatte, den Gurt anzulegen.

Eine Hand berührte sie an der Schulter. Sie erschrak, wagte nicht, sich umzusehen.

Eine ernste Stimme sagte: »Ihr Großvater ist aufgewacht, es geht ihm gut, aber er braucht Ruhe. Sie können ihn morgen besuchen.«

»Was hat er denn?«

»Das wird er Ihnen selbst erklären, Mademoiselle. Er braucht Menschen um sich.«

Sie sah den Arzt prüfend an, biß sich auf die Unterlippe, dann murmelte sie: »Na gut« und stürzte zum Ausgang.

Draußen faßte Pauline sich wieder; der Arzt hatte mit ihr gesprochen, als sei sie die einzige Familienangehörige von Monsieur Armand. Offenbar hatte er niemand, und sie beschloß, ihr Leben zu ändern. Sie wollte sich nicht mehr mit Jungs einlassen auf der Suche nach einer Familie, die ihr dann doch nie gefiel. Bei diesem Pannen-Mathieu war zum erstenmal ein leiser Ekel in ihr aufgestiegen. Ein Widerwillen, als ob alle diese Liebhaber nur Zwischenhändler wären, die ihren Körper gleichsam in Kommission nähmen zugunsten von eventuellen Schwiegereltern. Lange hatte sie sich eingeredet, daß sie gern Liebe mache, daß nur die Jungs sich nicht richtig darauf verstünden. Heute ist sie sich da nicht mehr so sicher. All diese Kindheitsnächte, wenn sie sich die Ohren zustopfte, um die rauhen Schreie ihrer Mutter nicht zu hören, so was hinterläßt Spuren. Wie gewisse Wahrheiten, die sich einem beim Lesen eines Romans aufdrängen. Deshalb hat sie sich angewöhnt, nichts anderes mehr als Einrichtungszeitschriften zu lesen.

Morgen will sie Monsieur Armand bitten, daß er ihr beibringt, sich nicht mehr vor Büchern zu fürchten, und dann wird er nie mehr krank werden. Morgen will sie ihm sagen, daß er ihr richtiger Großvater sein soll, ohne Zwischenhändler, und daß nichts und niemand sie mehr trennen soll.

7

Ich saß im Bett, verzehrte mein Apfelmus und meinen Zwieback und war nahezu beschämt, daß ich – ohne versagende Prostata oder eine andere jäh aufflammende Krankheit – ein ganzes Krankenhauszimmer für mich allein belegte. *Ich habe es getan*. Ich habe einen Selbstmordversuch gemacht, und noch immer weiß ich nicht, ob nun aus Mut, aus Feigheit, Egoismus oder Erpressungswillen. Es geht alles zu schnell, man kann sich weder über die Folgen noch über die Motive klar werden. Ist man erst einmal zur Praxis übergegangen, findet man hinterher schwer zur Theorie zurück.

Ich hatte sie nicht kommen hören. Pauline blieb im Türrahmen stehen. Lange, wortlos sahen wir einander an.

»Müssen Sie lange hierbleiben?« fragte sie dann sanft.

»Ich hatte am Osterwochenende nichts Besseres vor«, antwortete ich in dem Versuch, die Atmosphäre zu lockern.

Ernst blickte sie mich an.

»Was ist Ihnen denn genau passiert?«

»Verfehlte Automedikation.«

»Was heißt das?«

»Ein bißchen zu viele Schlaftabletten.«

Sie zog einen Stuhl heran, setzte sich neben mein Bett, und leise, zart meine Hand fassend, fragte sie mit eindringlicher Miene: »Was war das Problem? Verzweiflung? Sind Sie plötzlich durchgedreht?«

»Im Gegenteil. Und dafür danke ich Ihnen. Mein ganzes Leben habe ich mir die Frage des Freitods gestellt. In der Theorie. Pavese, D'Annunzio, Montherlant, Gary ... Kein philosophisches System hat Bestand, wenn es die Problematik des Freitods nicht einschließt. Durch Sie bin ich zur Praxis gelangt.«

»Durch mich?«

Sie erstarrte. Ich bekam ein schlechtes Gewissen. Ich bemühte mich, ihr meine Dankbarkeit auszudrücken, und sie begriff es als Vorwurf.

Anstatt sie aufzuklären, bekräftigte ich: »Der Übergang zur Tat ist eine Frage der Perspektive. Das Bewußtsein, was aus einem geworden ist, im Gegensatz zu der Vorstellung, was man für jemanden sein möchte. Bevor ich Sie kannte, ertrug ich es, alt, allein und nutzlos zu sein. Ohne Ziel und Zweck weiterzuleben. Sie haben mir ein Ziel gegeben, Pauline, Sie haben mir bewiesen, daß ich fähig war, aus moralischer Notwendigkeit zu sterben.«

Sie hörte mir aufmerksam zu, achtsam, wach.

»Aber Sie wollten es nicht wirklich«, sagte sie dann, »weil es ja nicht geklappt hat, nicht?«

Von dieser Frage überrascht, lief ich rot an. Mit kleinlauter Stimme, wie ein Schuljunge, der eine Dummheit verzapft hat, erklärte ich ihr, daß ich blödsinnige Schwierigkeiten hatte, die Schlaftabletten aus den Staniolhülsen herauszudrücken. Fünf, sechs hatte ich schlucken können, vor der tödlichen Dosis war ich schon weg.

Pauline nickte.

»Das versteh ich. Mir ist dasselbe passiert mit den ...«

Sie wandte sich ab.

»Womit?« fragte ich begierig.

»Nein, das kann ich nicht sagen«, antwortete sie und prustete in ihre Hand.

»Doch, doch, das interessiert mich«, drängte ich.

»Na ja, das ist, wenn ich mit einem Jungen zusammen bin und ich komme nicht klar mit der Verpackung, wissen Sie ...«

Angesichts meiner fragenden Miene überwand sie sich: »Für Präservative ... na ja, das ist auch schiefgegangen. Ich meine, bis ich das aufgekriegt habe, ist ihm die Lust vergangen.«

Ich tat, als ob ich mit ihr lachte, aber was mir durch den Sinn ging, war die Lächerlichkeit unseres Tuns. Ich sah sie in irgendeinem Zimmer und mich in meinem Bad, wie wir beide uns abplagten mit unseren Verpackungen, jeder auf seine Weise bemüht, einen einzigartigen Augenblick so gut wie möglich zu bestehen.

»Glauben Sie, daß es hier Cola gibt?« fragte ich.

»In allen Krankenhäusern stehen Automaten.«

Sie blickte mich lange an, dann sagte sie, indem sie meine Hand drückte: »Nachher sage ich Ihnen etwas. Ich habe was beschlossen.«

In dem Moment kam mein Sohn herein.

»Störe ich?« fragte er und verkniff den Mund, als er unsere verschlungenen Hände sah.

»Überhaupt nicht«, antwortete ich liebenswürdig, »wir sprachen gerade über Präservative.«

»Also, dann geh ich mal«, sagte Pauline und nickte Pierre im Hinausgehen zu.

Langes Schweigen.

»Wer ist das?« fragte mein Sohn, nachdem er tief Luft geholt hatte.

»Eine Freundin.«

Er erstarrte, weshalb ich mit deutlicher Betonung hinzusetzte: »Eine sehr liebe.«

Mich traf ein düsterer Blick.

»Ich verstehe.«

»Dann ist es ja gut. Du hättest deinen Urlaub wegen eines verkorksten Selbstmords nicht abbrechen müssen, aber es ist nett, daß du so schnell gekommen bist.«

Ohne mich aus den Augen zu lassen, fragte er mit ernster Stimme: »Warum hast du das getan? Wolltest du mich schuldig sprechen?«

»Ich habe nicht eigens an dich gedacht. Es war einzig ein Problem moralischer Pflicht.«

»Und dann redest du von Präservativen mit einem Mädchen, das du mir nicht einmal vorstellst!«

Ich gab keine Antwort. Seit seiner Jugend steht nach drei, vier Sätzen eine Wand zwischen uns. Das Unverständnis hatte sich von Jahr zu Jahr verschlimmert, bis es allmählich in Gleichgültigkeit ausartete. Ohne ein Wort wandte er sich ab und öffnete das Fenster. Eine ganze Weile schaute er hinaus. Sein Rücken war leicht gebeugt, und es ging etwas Zerbrechliches von ihm aus. Mein Sohn wurde langsam alt, er trat in meine Fußstapfen, und ich brachte es nicht über mich, ihm zu sagen, daß ich ihn liebe. Ich schaffte es nicht.

Er drehte sich um, als hätte er meine Gedanken gelesen: »Hier im Hof steht genau so eine Kastanie wie damals im Gymnasium.«

Ich stimmte ihm zu. Zur Zeit der Kastanie waren wir einander ganz nahe gewesen. Wie zwei Verschworene, sagte seine Mutter. Den Baum fällten sie in dem Jahr, als er siebzehn und mein Schüler wurde. Verwünschtes Jahr, das alles zwischen uns verdorben hat. Es erschütterte mich, daß er von der Kastanie sprach. Ich hörte den Appell heraus, und trotzdem war ich unfähig, Worte zu finden, die die Kluft zwischen uns vielleicht hätten überwinden können. Mir fiel nur ein banaler Satz ein, wie für einen Fremden.

»Bald wird sie anfangen zu blühen.«

Er nickte, wobei er mich mit einer Intensität ansah, die mich verwirrte.

»Da du nicht gestorben bist, laß uns miteinander reden, ehe es zu spät ist. Hattest du mir gar nichts zu sagen, bevor du dich umbrachtest?«

Überrumpelt von seinem entschiedenen Auftreten, machte ich bloß ein belämmertes Gesicht.

Mit in sich gekehrtem Blick fuhr er fort: »Ich bin nicht nur das, was du von mir weißt, Papa. Ich bin nicht nur der Apotheker mit dem trübsinnigen und einförmigen Leben, aber was interessiert dich das! Und du bist kein armer bedürftiger Familienvater, den seine undankbaren Kinder im Stich gelassen haben. Das bildest du dir zwar gerne ein. Aber du warst immer nur für Fremde da, für die, die dir mit offenem Mund zuhörten, die an deinen Lippen hingen! Immer waren dir deine Schüler wichtiger als ich, sogar als ich zu ihnen gehörte! Immer hast du sie deiner Familie vorgezogen. Ihnen deine Werte zu *übermitteln,* das war dein ein und alles! Aber wo sind deine Schüler heute? Du stehst nicht mehr auf deinem Katheder, sie haben dich einfach vergessen. Trotzdem war es jeden Abend dieselbe Leier, meine Schüler haben dies gemacht, meine Schüler haben das gemacht, und wir steckten die Köpfe in den Suppenteller und warteten, daß es vorbei war. Denn Colette ging es doch genauso! Und Mama, was glaubst du eigentlich, weshalb sie den ganzen Tag an ihren Skulpturen bosselte, Skulpturen, die immer größer wurden und alles mit Beschlag belegten? Aber du, der große Philosoph, konntest die Botschaft nicht entziffern?«

Ich begriff nicht, was er da sagte. Mein ganzes Leben hatte ich gerackert, damit es meiner Familie an nichts fehlte, damit meine Kinder studieren konnten, immer war ich bei ihnen, an Weihnachten, an Ostern, in den großen Ferien, auch wenn diese freie Zeit mir manchmal lang vorkam. Stets hatte ich meine Schüler und meine Familie auseinandergehalten. Um sie nicht zu verziehen, glaubte ich, es müsse meinen Kindern doch ein Anliegen sein, meine Leidenschaft zu teilen, sie immer besser kennenzulernen. Doch das hier ging zu weit, er befleckte das Gedenken an seine tote Mutter. Ich bat ihn, das Zimmer zu verlassen.

Mit versteinerter Miene ging er die Tür öffnen, dann drehte er sich noch einmal um, ohne Pauline zu beachten, die mit den Colas in Händen im Türrahmen stand.

»Du weißt nichts von meinem Leben, Papa. Weder von meinen Träumen, noch davon, wie ich für sie bezahlt habe, in jeglicher Hinsicht. Aber ich bin nicht so feige wie du, daß ich mich umbringe und alle in die Scheiße reite und das auch noch komisch finde. Ich jedenfalls habe Grundsätze. Ich bin nicht bloß auf Rache aus.«

Ich tat den Mund zu einer Antwort auf, da passierte etwas Beschämendes. Mich kitzelte es in der Nase, ich nieste. Pierre kam, mit zusammengebissenen Zähnen, und zog mir die Decke über die Brust hinauf. Wütend über die Unterlegenheit, die mir seine Vorwürfe wie seine Fürsorglichkeit zu spüren gaben, schüttelte ich die Decke ab.

»Erkälte dich nicht obendrein«, mahnte er.

Im Hinausgehen stieß er fast mit Pauline zusammen. Er sagte keinen Ton. Sie sah ihm hinterher, dann kam sie an mein Bett und gab mir eine Cola.

»Ich wußte gar nicht, daß Sie Kinder haben«, sagte sie mit beinahe nüchterner Stimme.

Im Gedanken an Pierre, an dieses Aufrührerische, das ich nicht an ihm kannte, schüttelte ich nur den Kopf. Das Alter der Konfrontationen lag hinter mir, und erzwungene Beziehungen habe ich von jeher verabscheut. Aber er war mein Sohn, und ich fragte mich, ob ich wirklich ein so schlechter Vater gewesen war oder ob aus seinen Hoffnungen schlicht und einfach nichts geworden war und er mir anlastete, daß ich ihn nicht am Träumen gehindert hatte. Dann hätte er allerdings von seinen Träumen sprechen müssen. Es ist allzu leicht, anderen vorzuwerfen, daß sie taub sind, wenn man nichts sagt. Pauline ging, mit ihrer Cola in der Hand, das Fenster schließen.

»Die Kastanie *blüht* doch schon«, murmelte sie, während sie sich zu mir setzte.

Sie hatte alles gehört, aber von diesem Ausflug in die Vergangenheit plötzlich erschöpft, ging ich nicht darauf ein.

Um mich in die Gegenwart zurückzutasten, fragte ich leise: »Sie wollten mir vorhin etwas sagen. Einen Beschluß, den Sie gefaßt haben.«

Sie zögerte mit der Antwort.

»Ich bin mir nicht mehr so sicher.«

Lange verharrten wir in Schweigen. Eine große Müdigkeit kam über mich. Ich konnte die Augen nicht mehr öffnen, ihr nicht auf Wiedersehen sagen, als ich hörte, wie die Tür sich schloß.

8

Pauline war hin und her gerissen. Sollte sie Monsieur Armand wiedersehen? Sie hatte ihn sich zum Adoptivgroßvater erkoren, weil sie ihn wirklich gut leiden konnte. Er war gewinnend, lustig, rebellisch, voller Überraschungen, und da tauchte auf einmal eine uneinige, aber richtige Familie auf. Sie war ratlos. Trotzdem, zum erstenmal hatte sie den Wunsch, jemanden glücklich zu machen und nicht, wie sonst jedesmal, aus Selbsterhaltungstrieb zu fliehen. Sie hatte gesehen, wie erschüttert er nach dem Besuch seines Sohnes war. Der Kummer von Monsieur Armand, das war es, was ihr naheging. Es erinnerte sie daran, wie sie sich vor den Streitereien ihrer Eltern unter ihre Decke geflüchtet hatte. Genau wie sie selbst damals, wollte er sich nichts anmerken lassen, aber solche Dinge spürte sie.

Als sie über den Hof des Krankenhauses ging, sah sie seinen Sohn an der gegenüberliegenden Mauer lehnen. Er kam auf sie zu. Sie hatte keine Angst vor ihm. Er sah unglücklich aus. Er blieb vor ihr stehen und fragte, wer sie sei und was sie mit seinem Vater zu tun habe. Sie wollte ihm die Wahrheit sagen, da packte er sie ruppig am Arm.

Sie befreite sich aus seinem Griff. »Fassen Sie mich nicht an!«

»Ich verbiete Ihnen, ihn wiederzusehen. Ich weiß nicht, was Sie vorhaben, aber vergessen Sie es! Er ist kein wehrloser Greis, den sich die Erstbeste unter den Nagel reißen kann. Das lassen meine Schwester und ich uns nicht gefallen, ist das klar?«

Sie hätte sich nicht widersetzt, wenn er gesagt hätte, daß er seinen Vater liebte. So aber warf sie ihm an den Kopf: »Ich heiße Pauline, und ich habe mir einfach nur ein bißchen Zeit für ihn genommen, weil er ganz allein war. Ich wußte nicht, daß er Kinder hat, aber jetzt verstehe ich, warum er sich umbringen wollte.«

Und sie ging davon, ohne daß er noch ein Wort erwidern konnte. Sie hatte richtig getippt. Wieder fühlte er sich schuldig an der Tat seines Vaters. Aber was ihm am meisten weh tat, war die unverkennbare Vertrautheit zwischen dieser Unbekannten und dem Fremden, zu dem sein Vater für ihn geworden war. Als er sie da im Krankenhaus beisammen sah, hatte er zweierlei Vermutungen angestellt: Entweder hatte sein Vater eine außereheliche Tochter, oder dieses Mädchen war seine Geliebte.

Keinen Augenblick hatte ihn der Gedanke gestreift, daß es eine dritte Möglichkeit geben könnte. Paulines umwerfende Offenheit hatte ihm die Sprache verschlagen. War er seiner Frau schon dermaßen ähnlich geworden, daß er Großmut, Selbstlosigkeit, Hingabe bei jemand anderem nicht zu erkennen vermochte?

Wenig später kehrte Pierre ins Krankenhaus zurück. Er betrat das Zimmer, ohne anzuklopfen. Sein Vater schlief. »Papa?« fragte er trotzdem ziemlich laut, und dann stand er und schaute auf den schlafenden alten Mann, der da mit geballten Fäusten, aber entspanntem Gesicht vor ihm lag. Vorsichtig rückte er den Stuhl beiseite, auf dem Pauline gesessen hatte, ließ sich auf die Knie nieder und legte seinen Kopf auf das Bett. Der Vater hörte ihn nicht, endlich einmal konnte er sich ihm anvertrauen. In einem einzigen Schwall erzählte er von seiner Frau, die ihn nur noch verächtlich und lieblos behandelte, von dem Zwergpudel, der ihn bei ihr abgelöst hatte, von der Apotheke, die er nicht mehr ertrug, und von seinen Kindern, die er nur noch sah, wenn er das Scheckheft zückte. Er erzählte, wie er von humanitärer Hilfe in der dritten Welt geträumt, seine Träume aber immer wieder auf später verschoben hatte, wenn die Kinder groß wären, wenn seine Frau ihn weniger brauchen würde – und daß er jetzt, wo die Voraussetzungen gegeben waren, sich zu alt fühlte und ihm der Mut fehlte. Er sagte ihm, wie verzweifelt er war und wie er ihn beneidete, daß er die Kraft gehabt hatte zu handeln.

Lange blieb er so auf den Knien, bemüht, seine Atmung in Gleichklang mit der des Vaters zu bringen. Er hörte den Arzt nicht eintreten.

»Gehören Sie zur Familie?«

Er fuhr in die Höhe, wie bei etwas Unrechtem ertappt. Der Arzt machte ihm ein Zeichen, er möge ihm in den Flur folgen. Dort erklärte er in beruhigendem Ton, daß er mit dem Patienten gesprochen habe. Es sei dies kein echter Selbstmord gewesen, sondern vielmehr ein Hilferuf. Gefühlserpressung, um die Kinder, die sich durch die Erfordernisse des Lebens entfernt hatten, zu sich zu rufen. Mittlerweile bereue der Patient seine Handlung und werde sie nicht wiederholen. Nichtsdestoweniger wäre es sehr angeraten, ihn öfters, während der Festtage zum Beispiel, zu sich zu holen.

Pierre hörte zu, nickte.

»Wann wird er entlassen?«

»Übermorgen früh. Die Untersuchungsergebnisse sind alle gut. Nachwirkungen sind nicht zu befürchten. Dasselbe habe ich seiner Enkelin gesagt, um sie zu beruhigen.«

Pierre schwieg aus Stolz und drückte dem Arzt die Hand.

Von der Wohnung seines Vaters aus rief er seine Schwester in Kanada an, damit sie sich keine weiteren Sorgen machte. Der Vater, gab sie ihm zur Antwort, müsse doch den Verstand verloren haben, so etwas Schwachsinniges zu tun, man müsse eine Entmündigung wegen Demenz beantragen und ihn unter Vormundschaft stellen lassen, um den Verkauf des Bauernhofs zu annullieren. Nicht eine Regung von Mitleid, von Verständnis für ihn. Zum erstenmal im Leben fühlte sich Pierre mit seinem Vater solidarisch. Ihn unter Vormundschaft stellen ... Würden seine eigenen Kinder sich eines Tages ebenso gegen ihn verhalten? Und wäre er selbst imstande, ihnen Sorgen zu machen, die Früchte seiner Arbeit zu vergeuden, aus Liebe oder Spielsucht Unfug zu treiben?

Er legte auf, ohne ihr von Pauline zu berichten. Ein dumpfes Rasen, eine ungekannte Eifersucht, die er nicht beherrschen konnte, hämmerte ihm in den Schläfen. Dieses Mädchen erinnerte ihn an die vielen Gymnasiastinnen, die auch nur Augen für diesen einnehmenden und verunsichernden Lehrer gehabt hatten, diesen triumphierenden Sadisten, der sich bei Nietzsche und Cioran die Kriterien des

Weltekels als wirksamste Verführungswaffen entlieh – während er, Pierre, mit seinen Pickeln, seinem Mathematikerhirn und seinen Komplexen, vergeblich um die Gunst seiner Klassenkameradinnen warb, die ihn um so mehr mieden, als sein Vater sich nicht entblödete, ihn in den Stunden zu demütigen.

Er fragte Frau Dune, ob ihr bei ihrem Arbeitgeber in letzter Zeit ein verändertes Verhalten aufgefallen sei. Ja, sagte sie, die Cola, die Ketchupflecke und ein geheimnisvolles Essen im *Chalet des Îles*, von dem er stockheiser zurückkam.

»Das geht schon eine ganze Weile«, setzte sie hinzu, »daß er so drauflos lebt. Ich versuche ihn dran zu hindern, so gut ich kann, aber was kann ich allein bei ihm ausrichten? Ich kann nicht den ganzen Tag hinter ihm her sein.«

Pierre telefonierte, um sich einen Termin beim Vormundschaftsrichter geben zu lassen. Er solle am Montag noch einmal anrufen, hieß es.

9

Die Dune kam mich abholen, mein Sohn sei wieder nach Dijon gefahren, sagte sie. Ich bemängelte, daß sie vergessen hatte, mir meinen Stock mitzubringen. Bevor wir ins Taxi stiegen, sah sie mich böse, mit verkniffenen Lippen, an.

»Daran hab ich nicht gedacht. Ich hab dran gedacht, Sie abzuholen, und das ist ja wohl auch was, denn ohne mich hätten Sie allein nach Hause gehen müssen, und dafür könnten Sie mir erst mal danke sagen, da brechen Sie sich keinen Zacken aus der Krone!«

»Seien Sie nicht hysterisch, das war einfach eine Feststellung, kein Vorwurf«, antwortete ich und schlug die Tür hinter ihr zu.

»Hören Sie auf, so mit mir zu reden«, schrie sie. »Ich bin nicht hysterisch!«

Das sei keine Beleidigung, antwortete ich, das sei ihr Wesen.

»Ich weiß, daß ich ungebildet bin! Mir das aufs Brot zu schmieren, können Sie sich sparen! Vielleicht hab ich mir alles selber beibringen müssen, aber wenigstens kann ich eins: erkennen, wenn ein Mensch ein Herz hat, und Sie haben keins!«

Ich wandte nur den Kopf ab und verdrehte die Augen gen Himmel. Das hat sie, glaube ich, am meisten gekränkt.

»Auf alle Fälle bringe ich Sie jetzt nach Hause, und dann geh ich. Schluß, aus. Ich komme nicht mehr arbeiten. Und wenn Sie weiter so ekelhaft sind, lassen Ihre Kinder Sie unter Vormundschaft stellen, und das geschieht Ihnen recht.«

Mir blieb einzig das Wort ›Vormundschaft‹ haften. Ich hatte kein Bedürfnis, das Gespräch mit dieser groben Person fortzusetzen, konnte mich jedoch nicht enthalten, in einem Ton, der harmlos klingen sollte, zu fragen: »Warum sagen Sie mir das?«

»Darum. Ich hab Ihren Sohn telefonieren hören, weiter nichts.«

In bleiernem Schweigen fuhr sie mit mir zur Wohnung hinauf, um sich ihre Schlappen zu holen und in Empfang zu nehmen, was ich ihr schuldig war. Ich öffnete die Läden und die Fenster, um den abgestandenen Geruch zu vertreiben, der einem die Kehle zuschnürte, und holte mein Scheckheft. Als ich wiederkam, hockte sie am Küchentisch wie ein Häuflein Elend. Während ich den Scheck ausfüllte, fragte ich sie nach dem wahren Grund ihrer Kündigung. Sie hob den Kopf.

»Ich habe Ihre Gleichgültigkeit satt«, sagte sie mit tonloser Stimme. »Ich bin seit acht Jahren bei Ihnen, und Sie interessieren sich überhaupt nicht für mich. Ein zerstreutes ›Wie geht es?‹, aber die Antwort wollen Sie gar nicht hören. Die Probleme von anderen sind Ihnen egal. Sie sind derart egoistisch, nur mit sich selber beschäftigt, mit Ihrem Wissen und Ihren verrückten Ideen. Kein Wunder, daß Sie so allein sind, und ich will nicht so werden wie Sie. Die fünf Jahre, die Ihre Frau gelitten hat, haben Sie nicht besser gemacht. Immer rücksichtsvoll, immer lächelnd, keinen Ärger, keine Klagen, so war die Frau Dune Ihnen recht. Aber ich hab es satt. Ich will nichts mehr mit Putzmitteln zu tun haben, nicht mehr über Ihre Fliesen kriechen, ich steh auf, Monsieur Leclair, ich werd Krankenpflegerin, aber nur bei netten Leuten, Pech für die anderen. Sie wissen ja noch nicht mal, wie ich mit Vornamen heiße. Liz heiße ich. Wegen Liz Taylor. Meine Mutter hat für sie geschwärmt, aber der Name allein macht's nicht.«

Wortlos überreichte ich ihr den Scheck, und sie ging, die Schlappen in der Hand, ohne einen Blick zurück. Ich packte einen Stuhl und schleuderte ihn gegen die Wand. Ich war es mehr als leid, das Scheusal zu sein. Was meinen Sohn anging, nun ja – ich hatte getan, als ob ich schliefe, um seinen Stolz zu schonen, aus Angst, es würde ihm noch schwerer ums Herz, wenn er merkte, daß ich seine traurige Lebensbeichte hörte, aber jetzt auch noch Frau Dune ertragen, die sich für ein verhindertes Sternchen hielt mit ihren beschränkten Ansichten, sie, die mich ausgespäht und zum unmündigen Kind gemacht hatte, die meine Einsamkeit und meine Unfähigkeit, mit dem Haushalt fertig zu werden, ausgenützt hatte und mich jetzt auch noch für ihr Leben verantwortlich machen wollte, nein!

›Unter Vormundschaft.‹ Diese Worte gingen mir nicht mehr aus dem Sinn. Das war doch ein Witz. Aber nun würde ich mir wirklich, ohne jedes schlechte Gewissen, auf Kosten meiner Kinder lustige Tage machen. Sollten sie sehen, was sie davon hatten.

Während ich das Fenster wieder schloß, fiel mein Blick auf Paulines kleinen Veilchenstrauß, der inzwischen verwelkt war. Ich holte mir aus dem Schrank meiner Frau ein Taschentuch, wikkelte die Veilchen hinein und steckte sie in die Tasche. So wie Madeleine es früher mit den Lavendelkissen machte, die ich, wenn die Jahreszeit wechselte, noch immer in meinen Jacketts fand.

Mein Blick wanderte über die Schrankfächer. Nichts war verändert seit Madeleines Tod. Jegliches lag, sorglich gefaltet, sorglich gestapelt, an seinem Platz. Wie vermutlich viele Witwer hatte ich nicht den Mut aufgebracht, ihre Sachen wegzugeben. Die Erinnerungen, die Gerüche, das in diesen toten Gegenständen gefangene Leben in alle Winde zu zerstreuen.

Ich holte einen großen Karton mit der Aufschrift *Ferien* herunter und öffnete ihn. Zwischen den Sommersachen fand ich den Prospekt für eine Kreuzfahrt zu den Galapagosinseln, aus der nichts mehr geworden war. Im Unterschied zu mir hatte Madeleine nie etwas aus der Vergangenheit aufgehoben – nur Zukunftspläne. Ruhig und entschlossen holte ich all ihre Kleider, Hüte, Schuhe hervor, öffnete die Kommodenschubladen und türmte alles auf unserem Bett auf. Nach getaner Arbeit streckte ich mich daneben lang, um ein letztes Mal den Duft meiner Frau in mich aufzunehmen, dann rief ich das Rote Kreuz an. Doch eine Tonbandstimme ließ mich eine Taste nach der anderen drücken, ohne daß ich je mit einem Menschen verbunden wurde.

Ungeduldig, mein Vorhaben auszuführen, bevor die Reue siegte und ich wieder alles behielt, rief ich die Heilsarmee an, wo mir endlich jemand Rede und Antwort stand. Sie würden die Sachen nicht abholen kommen, man könne sie aber zum Boulevard Saint Martin Nummer 31 bringen, dort müsse man sie die Treppe einer ehemaligen Metrostation, die ihnen überlassen worden war, hinunterschaffen. Die Person bedankte sich im voraus bei mir, ehe sie auflegte, nun mußte ich durchhalten. Während ich noch überlegte, wie ich es deichseln sollte, läutete es an der Wohnungstür. Ich ging öffnen. Es war Pauline.

»Ich wollte Sie im Krankenhaus besuchen«, sagte sie wie außer Atem, »da hieß es, daß Sie schon entlassen sind, also bin ich hergekommen, aber vielleicht ist Ihre Familie bei Ihnen ...«

»In gewisser Weise, ja.«

Es wühlte mich auf, daß sie gerade in dem Moment meines Lebens zu mir kam, in dem ich beschlossen hatte, die Erinnerungen nur noch in meinem Kopf aufzubewahren.

Ich bat sie, mir zu folgen. »Oh!« machte sie, als sie im Schlafzimmer den Berg Kleidungsstücke sah. Ich erklärte ihr, daß sie meiner Frau gehört hatten und ich mich davon trennen wolle, aber nicht wisse, wie ich sie zur Heilsarmee transportieren solle.

»Nehmen Sie Müllsäcke.«

Entsetzt fuhr ich zurück. Sie schlug die Augen nieder, dann fragte sie, ob ich Koffer hätte. Wie dumm, daß ich darauf nicht gekommen war. Fünf Minuten später stand das Zimmer voll mit offenen Koffern, und wir begannen sie zu füllen, wie wenn

Madeleine in die Ferien führe. Manchmal nahm Pauline ein Kleid, bevor sie es zusammenlegte, hielt es sich an und betrachtete sich damit im Spiegel des Kleiderschranks oder probierte einen Hut, und ich wandte mich ab.

Ein Halstuch aus perlgrauer Seide fiel mir in die Hände, ich hatte es meiner Frau einmal zum Geburtstag geschenkt – aber zu welchem? Wie ein Dieb, ohne daß Pauline es merkte, steckte ich es in die Tasche. Sie schaute eben auf, um zu fragen, ob ich die Bügel behalten wolle. Ich verneinte. Es gibt nichts Traurigeres als leere Kleiderbügel, da fehlt einem der andere nur noch mehr.

Pauline verschloß die Koffer, indem sie sich draufsetzte, hob sie mühelos an und trug sie in die Diele. Als ich den Kleiderschrank schließen wollte, fand ich einen Kinderschuh – rosa-weiß gestreifte Espadrilles –, er mußte aus einem Karton gefallen sein. Ich sah Sandstrand, Sonnensegel vor dem Meer, Jungen, die umherrennen, Eimer, Rechen, Schaufeln, und meine Frau, die in einem Liegestuhl sitzt.

Ich nahm mir vor, Colette den kleinen Schuh als Erinnerung an ihre Kindheit zu schicken.

10

Wir brachten die Kleider zu der Abgabestelle. Ich ließ sogar die Koffer dort. Als wir die Treppe der Metrostation hinaufstiegen, durchströmte mich ein Glücksgefühl.

»Und jetzt geht es weiter«, sagte ich zu Pauline, »ich gebe mein Haus auf. Sie haben nicht zufällig Zeit?«

»Ich habe heute frei«, antwortete sie.

»Wir fahren nur hin und zurück.«

»Einverstanden.«

Wir schwiegen beide bis zum Außenring. Ich war von dem Entschluß, den ich gefaßt hatte, wie berauscht, aber das Großartigste war, wie einfach alles ging. Besitz ist eine Fessel. Das hatte ich gelesen, geschrieben, gelehrt; nun erfuhr ich es zum erstenmal am eigenen Leib. Abgeschottet, verschanzt in der Weigerung, meine Frau zu verlieren, hatte ich zwischen den anderen und mir Erinnerungsstücke wie Mauern aufgetürmt. Damit war jetzt Schluß.

Bei der Ausfahrt aus dem Tunnel von Saint-

Cloud sagte ich, daß wir in die Normandie führen. »Genial!« rief sie, da wurden wir von der Verkehrspolizei gestoppt. Verwundert überreichte ich meine Papiere und fragte, was es gebe. Einer der beiden Polizisten ging zu Pauline hinüber.

»Legen Sie nie Ihren Sicherheitsgurt an, Mademoiselle?«

Sie stieg aus dem Auto und sah seufzend zu ihm auf: »Bitte, entschuldigen Sie«, sagte sie ganz betreten, ganz kleinlaut, wobei sie ihm in die Augen blickte, »ich hab's vergessen, ich war total durcheinander ...«

Sie schlug die Tür zu, so daß ich die Fortsetzung nicht verstehen konnte. Nach ein paar Minuten stieg Pauline wieder ein, schnallte sich an, die beiden gaben mir meine Papiere zurück, sprachen mir ihr Beileid aus und wünschten uns gute Fahrt.

»Ich hab gesagt, wir fahren zur Beerdigung Ihrer Frau. Im übrigen sind doch alle Männer gleich«, setzte sie mit einem kleinen Seufzer hinzu.

Verdattert betrachtete ich sie aus dem Augenwinkel.

»Was meinen Sie damit?« fragte ich.

»Die Art, wie sie einem mit zusammengekniffenen Augen auf den Busen schielen, dabei weiß man, daß ihr Begehren genauso schnell zerrinnt wie Eis in der Waffel. Bei Ihnen ist das anders, Sie linsen nie so nach mir, darum ist es so schön mit Ihnen. Fahren wir ans Meer?«

Ich bejahte, aber es kam nicht von Herzen. Wie dieses Mädchen die Dinge schlicht und illusionslos auf den Punkt brachte, das war von einer Grausamkeit, von der sie nichts ahnte. Die Anziehung, die sie auf mich ausübte, hatte nichts Fleischliches, ja es war nicht einmal Verliebtheit, wenigstens versuchte ich mir das einzureden, aber daß sie diese Möglichkeiten so eindeutig ausschloß, tat weh. Und ich war wütend auf mich. Schlimmer noch. Verdrossen, daß ich nicht anders reagieren konnte. Ich wünschte, ich hätte sie tatsächlich begehrt, dann hätte ich mit aller Charakterstärke gegen ein nicht mehr altersgemäßes sexuelles Verlangen ankämpfen können, aber der Körper machte nicht mit, und so nützte mir meine ganze ›Charakterstärke‹ nichts. Nichts würde zwischen uns entstehen. Nicht einmal Abwehr.

Als ich zu ihr hinübersah, fiel mir auf, daß sie den Gurt wieder gelöst hatte.

»Schnallen Sie sich an, Pauline.«

»Das geht nicht.«

Mit tonloser Stimme erzählte sie: »›Schnall dich an, Pauline‹ war das letzte, was meine Mutter vor dem Unfall zu mir gesagt hat. Ich habe nicht gehorcht, weil ich genauso egoistisch und kaltschnäuzig sein wollte wie sie, damit sie mich loswerden wollte, egal wo, Hauptsache, ich mußte sie nicht mehr herumschreien hören. Ich wurde aus dem Auto geschleudert, bevor es im Straßengraben landete.«

Betroffen hörte ich mich fragen: »Und Ihr Vater?«

Sie zuckte die Achseln.

»Ich glaube, das war mehr so'n Zufallsvater«, fuhr sie fort. »Er oder ein anderer. Jedenfalls war er die ganze Zeit betrunken.«

Als sie meine bestürzte Miene sah, lächelte sie leise.

»So traurig ist es nun auch wieder nicht, geprügelt haben sie mich nie. Nur getan, als ob ich Luft wär, und ständig nur geschrien, deshalb fehlen sie mir auch nicht, sie waren wie Fremde. Nachbarn, die dauernd Zoff haben. Abends konnte ich es kaum erwarten, unter meine Decke zu kriechen und mir die Ohren zuzustopfen, wenn sie sich anbrüllten, und dann träumte ich von einem Leben mit einer Familie, die ich mir selbst ausgesucht habe.«

Nach einer Weile setzte sie hinzu: »Was meine Traumfamilie angeht – Sie sind der erste, den ich dafür erwählt habe.«

Sie biß sich bei dieser Erklärung auf die Unterlippe, dann beugte sie sich zu mir herüber und sagte schelmisch, indem sie das Seidentuch hervorzog, das aus meiner Jackettasche lugte: »Das haben Sie vorhin Ihrer Frau stibitzt, ich hab es im Spiegel gesehen. Darf ich es umlegen, bis wir dort sind, auch wenn es eine Erinnerung ist?«

»Erinnerungen haben das Recht zu leben«, entgegnete ich.

Ich hatte ihr aufmerksam zugehört, frappiert von dem unbeteiligten Ton, in dem sie von sich redete, als erzähle sie das Leben eines anderen. Wenn sie von Fremden sprach, verstand ich sie. Meine disziplinierten und gestrengen Eltern hatten niemals Gefühle gezeigt und sich geweigert, die anderer wahrzunehmen. Die einzige Person, die mich je weinen hörte, die einzige, vor der ich glücklich oder traurig sein durfte und nicht nur »wie es sich gehört«, war meine Großmutter. »Du wirst dieses Kind noch verziehen«, warf meine Mutter ihr vor, wenn sie sie auf frischer Liebestat ertappte. Bei der Geringschätzung und Angst in ihrem Ton, wenn sie das hervorstieß, lief es einem kalt den Rücken hinunter. Ein verzogenes Kind, das war wie ein fauler Zahn; und wegen der Süßigkeiten, die meine Großmutter mir zusteckte, stellte ich mir einen gigantischen Zahnfraß vor, den ich nun ihr ankreidete. Das erste Opfer der »Charakterstärke«, die meine Eltern mir als Allheilmittel einimpfen wollten, war die liebe, arme gramgebeugte Alte.

Nie habe ich darüber zu jemand gesprochen, nicht einmal zu meiner Frau. Stets aber hatte ich eine unwillkürliche Scheu vor Gefühlsausbrüchen, nicht aus mangelnder Empfindsamkeit, sondern aus Angst, etwas falsch zu machen, entweder die anderen zu »verziehen« oder selbst lächerlich zu wirken. Ich war gerührt, daß Pauline mich für ihre Familie erwählt hatte, auch wenn ich aus Koketterie nicht zu fragen wagte, welche Stellung sie mir zudachte. Ein bißchen Zweckoptimismus braucht der Mensch.

Immerhin getraute ich mich aber zu fragen: »Warum haben Sie mich ausgewählt, Pauline?«

»Wegen diesem Typ, der Sie im Bus angeschnauzt hat, ohne Sie auch nur anzusehen, und alle guckten weg, und wie Ihnen da Ihr Stock runtergefallen ist, ich weiß nicht, Sie sahen so schutzlos aus ... Und dabei so aufrecht. Würdevoll.«

Ich war ein wenig enttäuscht, ich hatte Höheres erwartet.

»Und dann«, fuhr sie fort, »habe ich Sie mit Ketchup bespritzt, und anstatt mich anzuschreien, haben Sie nur gelacht, das hat mir gefallen. Ich war Ihnen wichtiger als Ihr Hemd und Ihre Krawatte. Da habe ich mir gesagt, er soll mein Großvater sein. Oder mein Patenonkel, aber dann fand ich, daß das nicht so gut zu Ihnen paßt.«

Ich gab keine Antwort. Aus Eitelkeit hätte ich den Patenonkel vorgezogen.

»Das Benzin ist gleich alle«, sagte sie und zeigte auf ein rot aufleuchtendes Lämpchen.

Ich hielt an der nächsten Tankstelle.

»Soll ich tanken?«

Ich nickte und sagte, ich würde solange in den Laden gehen.

Während ich dorthin schlendere, höre ich sie rufen: »Großvater! Ich möchte bitte Cola!«

Ich erstarrte bei dieser Anrede, fühlte mich immer unwohler dabei. Bitter und hochmütig wie alle Alten. Aber damit nicht genug. Es war nicht einmal so sehr das Unbehagen, von ihr so angeredet zu werden, als vielmehr das Bild, das ich mit »Großvater« verband. Für die beiden Söhne meines Sohnes hatte ich von jeher nur höfliche Gleichgültigkeit übrig, eine gespielte Zuneigung. Lange waren sie mir zu klein vorgekommen, und auf einmal waren sie zu groß. Ich hatte so sehr darauf gewartet, daß sie in das Alter kämen, in dem ich mit ihnen reden könnte, doch als es soweit war, stellte ich betroffen fest, daß sie mir nichts zu sagen hatten. Und ich verschloß mich wieder, ohne daß es mich viel kostete. Das machte die Gewohnheit, mich vor den Enttäuschungen zu schützen, die ich mit meinen Schülern zwangsläufig erlebte – den schlechten, für die ich mich vergeblich ins Zeug gelegt, wie den besten, die ich überschätzt hatte. Letztlich hatten mich im Leben alle enttäuscht, bis auf meine Frau. Wieder mußte ich an die harten Worte denken, die mein Sohn im Krankenhaus gesagt hatte. So gut ich es auch hatte machen wollen, war ich demnach genauso ungerecht, genauso unheilvoll gewesen wie meine eigenen Eltern, mit einem noch verheerenderen Resultat. Ist man auf Erden verdammt, immer dieselben Fehler zu wiederholen? Wenigstens Pauline war etwas Neues. Sie sollte meine Chance sein. Meine Rettung.

Vom Telefon im Laden aus, zwischen Benzinkanistern und luftdicht verpackten Sandwiches, rief ich meinen Sohn an. Er hatte seine unpersönliche, verständnisvolle Apothekerstimme.

»Schön, daß du dich meldest. Ich hatte im Krankenhaus angerufen und gehört, daß sie dich schon entlassen hatten, also habe ich bei dir zu Hause angerufen, nun gut. Ich will nicht fragen, wo du bist, du wirst mir antworten, das gehe mich nichts an.«

»Ich bin im Sprechzimmer des Richters.«

Langes Schweigen, unterbrochen nur durch das Piepen des Strichcode-Lesers für die Rezepte. Um ihn herum ging der Betrieb weiter.

»Des Richters?«

»Des Vormundschaftsrichters. Ich hatte den Eindruck, daß ihr, deine Schwester und du, euch zu Recht Sorgen um meine geistige Gesundheit macht, darum bin ich hier, ich will mich unter richterliche Vormundschaft stellen lassen.«

»Aber warum?« Es war ein Aufschrei, aus tiefstem Herzen.

Ich stellte mir vor, was sein Personal und seine Kunden für Gesichter machten.

»Um euer Erbe vor mir zu schützen, Pierre. Das war doch das Hauptanliegen deiner Schwester, nicht wahr? Ich greife dem nur vor, dann müßt ihr euch kein Gewissen machen wegen eurer Interessen. Bist du nun zufrieden?«

»Aber, Papa … das ist doch wohl ein bißchen … verfrüht, nicht wahr?«

Er war am Rande der Tränen, und mir schnürte es die Kehle zu. Aber ich wollte die Rührung nicht zulassen.

»Das muß ich entscheiden«, schloß ich in festem Ton. »Ich umarme dich.«

Und ich hängte auf. Lügen war für mich eine neue Erfahrung. Nun mußte ich mich nicht mehr anders entziehen. Mit einemmal fühlte ich mich frei, nach meinem Belieben zu handeln, frei sowohl von der Sorge, die meine Kinder sich um mich machten, wie auch von der Gefahr, die sie für mich darstellten. Daß ich sie ausschaltete, brachte sie mir näher, ich gestand ihnen mildernde Umstände zu, und ein wenig waren sie auch im Recht. Daß ich meine Fehler eingestand, verlieh mir Flügel, statt mich zu schwächen. Vielleicht war es jugendlicher Übermut. Und es war dazu noch nicht unbedingt zu spät. Leichtsinn kennt kein Alter.

Befriedigt nahm ich die Colabüchsen und ging zur Kasse. Durchs Schaufenster sah ich, wie Pauline sorgsam meine Windschutzscheibe wusch. Ein dunkelhäutiger Mann um die Vierzig stand neben ihr. Er mußte Ausländer sein, denn er redete viel mit den Händen. Sie hielt im Putzen inne, hörte ihm mit versonnenem Lächeln zu. Wer weiß, womöglich testete sie ihn gerade. Vielleicht erwog sie, ihn als Onkel aus Amerika anzuheuern, um eine kosmopolitische Familie zu haben. Sie zog ihre durchsichtigen Handschuhe aus, warf sie in einen Abfalleimer, dann zeigte sie zu dem Automaten, wo sie sie herhatte. Er dankte mit einem Kopfnicken und stattete sich damit aus, um vollzutanken.

Anmutig schlang sie sich das perlgraue Seidentuch meiner Frau um den Hals, dann stieg sie brav ins Auto und wartete auf mich.

Entschlossenen Schrittes ging ich zu ihr.

»Großvater gefällt mir sehr gut«, sagte ich beim Anfahren.

Eine Lokomotive, ein Buddha, ein auf dem Kopf stehender Eiffelturm, drei Meter hoch … Ich hielt mitten auf dem Hof, zwischen Madeleines Skulpturen. Pauline stieg aus, voller Neugierde auf das Gehöft und den Garten, den ich weiter pflegen ließ, wie ich es meiner Frau versprochen hatte. Alles war wie früher, aber ohne sie war das alles nichts mehr. Ich fühlte mich wie auf Besuch, unbehaglich, fehl am Platz.

Pauline winkte mich zu sich. Auf dem Weg zu ihr dachte ich an ihre Zukunft, ihr Verkäuferinnendasein, wie sie sich so allein durchs Leben schlug und dabei von Angehörigen träumte. Dieses unbewohnte Haus könnte ein Familienhaus werden – ein Haus, wo man eine Familie gründen könnte.

»Lustig, diese Figuren«, sagte sie.

Ich nickte, während ich in Gedanken dem Satz, den mein Sohn im Krankenhaus gesagt hatte, nachhing. Hatte Madeleine sich wirklich in diese Arbeiten geflüchtet, weil sie sich von mir vernachlässigt fühlte? Bin ich einzig, um ihre Verzeihung zu verdienen, in den letzten Jahren ihres Lebens nicht von ihrer Seite gewichen? Was war der Grund für dieses Priestertum? Liebe oder die Pensionierung? Das Bedürfnis, mich von einem Anliegen, einer Aufgabe gefordert zu fühlen? Als ihre Untersuchungsergebnisse besser wurden, als ihre Röntgenaufnahmen Grund zu neuer Hoffnung gaben, habe ich sie beglückwünscht wie eine Studentin, die ihr Examen bestanden hat.

»Gehen wir ins Haus?«

»Pauline, ich habe nicht den Mut«, sagte ich mit gesenktem Kopf.

Sie ließ sich auf *Davids Trophäe* nieder, einem Fuß aus glasiertem Ton, den Madeleine in Anspielung auf den Riesen Goliath so getauft hatte. Ich setzte mich neben sie, auf die benachbarte Zehe, und fühlte, wie ihre kühle Hand sich auf meine legte. Wie sie das machte, meine Hand fassen, ohne ein Wort, eine so natürliche Geste; daß ich so etwas nie fertiggebracht hatte, um Pierre oder Colette zu trösten …

»Woran ist Ihre Frau gestorben?«

»An der Hodgkinschen Krankheit.«

»Was ist das?«

»Eine bösartige Entzündung der Lymphgefäße. Der Befund ließ nicht viel Hoffnung. Man mußte sie einweihen, also habe ich es ihr gesagt. Sie hat gelächelt, um mir Mut zu machen. Sie war überzeugt, sie würde das überwinden, sie liebte das Leben so sehr, sie hatte noch so viele Pläne ... Sie ging ins Krankenhaus, um sich einer Strahlenbehandlung zu unterziehen, und hat es nicht mehr verlassen. Am Anfang kamen unsere Kinder, unsere Freunde sie besuchen, um sie aufzumuntern, es wurde ihnen geradezu zur Gewohnheit. Behutsam, auf Zehenspitzen kamen sie, und schon bald hatten sie mich in meiner Ecke vergessen, redeten von ihren Problemen, ihrem Ärger, ihren Sorgen, mich schockierte das, aber Madeleine hörte sie lächelnd an, glücklich zu sehen, daß das Leben draußen weiterging, und begierig, sich selber wieder daran zu beteiligen ... Sie gab sich Mühe, sich zurechtzumachen, sich zu frisieren, und wenn sie noch so müde war, damit man sie nicht bedauerte, damit man über alles redete, nur nicht über sie. Die Krankheit schritt fort, und Madeleine erlitt mehrere Zusammenbrüche. Nach und nach wurden die Besuche seltener, ein jeder kehrte zurück in sein Geleise, seinen eigenen Trott, und bald waren wir ganz allein. Ich hatte mein Bett in ihrem Zimmer. Ich brachte ihr Karton, Zeitungen und Leim, damit sie weiter modellieren konnte. Als ihr das dann zu schwer wurde, las ich ihr nur noch vor. Sie liebte historische Romane. Ich bemühte mich, den Ton zu treffen, aber es war nicht meine Welt. Nun ja.«

»Und dann, was geschah dann?«

»Dann … interessiert Sie das wirklich?«

Sie nickte nachdrücklich.

»Es wurde eine Lymphographie gemacht, eine Aufnahme der Lymphknoten, obwohl sie gegen Jod allergisch war. Ich sah meine Frau im Koma wieder, das Gesicht ganz blau, es war schrecklich. Als sie zu Bewußtsein kam, war sie nicht mehr dieselbe. Ob von dem Leiden oder dem Morphium, und das Warten auf den Tod wie auf …«

Hier brach mir die Stimme.

»Eine Erlösung?« schlug sie vor.

»Eine Rückkehr. Eine Rückkehr zu sich selbst. Sie müssen mich für gefühllos halten.«

Pauline legte ihren Kopf auf meine Schulter, sanft und vertrauensvoll, wie sie war. Ich verstand ihr Schweigen, und es tat mir wohl. Ich kostete diesen Augenblick aus, denn ich wußte, er war flüchtig, wenn auch notwendig. Unsere Wege hatten sich nicht zufällig gekreuzt, und sie würden sich nicht grundlos trennen. Wir trugen ähnliche Wunden, aber Pauline würde Zeit haben, ihre auszuheilen. Ich würde nicht mehr dasein, würde ihr nicht helfen können, sie aber auch nicht in mein Fahrwasser ziehen. Und das war besser so. Ich hatte Scheu davor, in ihr eine Zweifelsucht zu wecken, von der sie nicht einmal ahnte, daß es sie gab. Meine gesamte Laufbahn hatte darin bestanden, in die Hirne unbekümmerter Heranwachsender die Saat des existentiellen Unbehaustseins zu säen. Was mein Privatleben anging, hatte ich Sein und Schein dem Nichts geopfert und mich auch noch für klug gehalten dabei. Alles hatte ich überlebt, sogar meinen Selbstmord, doch um mich her war alles wüst und trostlos. Pauline mußte sich dringend einen neuen Großvater suchen.

»Wenn Ihnen das Haus gefällt, kann ich es Ihnen schenken.«

Sie rührte sich nicht, zögerte nicht, sie murmelte nur: »Nein, das will ich nicht.«

»Warum nicht?« fragte ich überrascht.

»Man kann doch nie zusammen hiersein, es macht Sie traurig.«

»Ich werde nicht immer hiersein.«

»Ja, und dann wird es noch trauriger.«

In meinem Egoismus hatte ich kurze Zeit gedacht, wir könnten hier glücklich werden. Aber die Seele dieses Hauses war Madeleine, und der Anstand verbot es, mich hier jemals mit einer anderen Frau niederzulassen.

»Und außerdem liebe ich nur Paris«, setzte sie mit einem gewissen Stolz hinzu.

Um unter die Erinnerungen, die Trauer und die Enttäuschung einen Schlußpunkt zu setzen, sagte ich: »Dann übergebe ich es dem Bürgermeister.«

Auf diese Weise würde niemand die Skulpturen meiner Frau auf öffentliche Kosten entsorgen können. Sie würden zum Erbe von Canapville gehören. Indem ich Unbekannte mit meiner Gedenkpflicht betraute, verschaffte ich Madeleine ein illusorisches Weiterleben. Was angesichts der Habgier meiner Kinder eine kleinliche Rache hätte sein können, wurde zum Liebesbeweis.

Seit ich Pauline kannte, entdeckte ich jeden Tag aufs neue, daß ich nicht gut und edel war. Aber ich fand mich immer besser damit ab.

11

»Was für ein Jammer, daß Sie nicht mehr gekommen sind, so ein leerstehendes Haus zerreißt einem das Herz«, mit diesem Seufzer empfing mich der Bürgermeister in seinem Büro.

Kaum hatte ich Platz genommen, eröffnete ich ihm, daß ich ihn wegen eben dieses Anwesens aufsuchte. Er betrachtete mich mit einer Mischung aus Ironie und männlicher Solidarität.

»Sie wollen verkaufen? Das begreife ich gut, ich bin auch Witwer. Man ändert sein Leben, macht zu Geld, was man kann. Sie haben ganz recht, das Leben ist kurz, und nach allem, was Sie durchgemacht haben, steht es Ihnen wahrhaftig zu, es sich ein bißchen gutgehen zu lassen«, sagte er mit einem anzüglichen Blick auf meine Begleiterin.

Ich beobachtete Pauline, weil ich ihre Reaktion fürchtete, doch sie bestritt nichts, sondern ließ den Mann in seinem Glauben. Was mir zugleich schmeichelte und peinlich war.

Mit einem kleinen Grinsen schob er die Frage nach: »Keine Probleme mit Ihren Kindern?«

»Keine, meine Enkelin kann es Ihnen bestätigen.«

Pauline sah mich mit dankbarem Lächeln an, dann blickte sie dem Bürgermeister gerade in die Augen.

»Na schön«, sagte er, sichtlich enttäuscht.

»Wenn das Haus Sie als Gemeindesaal interessiert, für Zusammenkünfte von Senioren oder Ähnliches, überlasse ich es Ihnen. Unter der einzigen Bedingung, daß die Skulpturen nicht angetastet werden.«

»Ach, eine Schenkung wollen Sie machen?« fragte er verblüfft.

Auf einmal riß mir der Geduldsfaden, ich wollte zum Ende kommen.

»Ja. Genau das. Was muß ich unterschreiben?«

»Im Augenblick nichts. Eine Schenkung bedarf eines notariellen Akts.«

»Ach!«

»Allerdings, es handelt sich ja um die Übereignung einer Immobilie. Als erstes müssen Sie die Besitzurkunde zum Notar bringen, damit er die hypothekarische Belastung prüft.«

»Was heißt das?«

»Nun, feststellen, ob Sie hypothekenfrei der Besitzer des Grundstücks sind oder ob dieses Grundstück zugunsten einer Bank oder eines Dritten hypothekarisch belastet ist.«

»Aber ich bin der Besitzer!«

»Gut. Sobald Ihr Notar den Hypothekenstand sowie den Auszug des Grundbuchamtes erhalten hat, um den Vermögenswert exakt zu ermitteln, kann er die Schenkungsurkunde mit den von Ihnen verlangten Klauseln aufsetzen, worauf diese im folgenden Monat den Gläubigern, soweit vorhanden, bekannt gemacht wird.«

»Und das alles wegen eines Geschenks?« fragte ich, von Überdruß und Entmutigung befallen.

Er ließ sich in seinem Schwung nicht bremsen: »Und dann trete ich in Aktion. Damit ich Ihre Schenkung annehmen kann, muß ich sie auf die Tagesordnung des Gemeinderates setzen, der seine Zustimmung geben muß. Und dann, wenn alles im einzelnen geklärt, bewertet ist und die Bedingungen geprüft sind, denke ich, kann darüber in etwa zwei Monaten beraten werden. Aber das geht alles glatt vonstatten, keine Bange, und was die Skulpturen angeht, kann ich Ihnen Erhaltung und Unterhalt für fünfzig Jahre zusichern, das ist das Maximum.«

»Und danach?« brachte ich hervor.

Er hob die Arme zum Zeichen der Ohnmacht.

Ich war niedergeschmettert. Das alles erschien mir zu kompliziert, unnütz und vergeblich. Ich verabschiedete mich, sagte, ich wolle es mir überlegen, bis bald und Dank für alles.

Pauline, die meine fassungslose Miene sah, hakte mich fröhlich unter.

»Fahren wir ans Meer? Nachher führe ich Sie zu den Einarmigen Banditen! Waren Sie da schon mal?«

Statt einer Antwort verzog ich das Gesicht. Von zwölf bis zwanzig war ich von meiner Mutter ständig vor teuflischen jungen Mädchen und vor Spielhöllen gewarnt worden, zwei Verderbnissen, die, scheint es, meinen Großonkel ruiniert hatten, denen zu begegnen ich aber nie Gelegenheit hatte.

»Machen Sie mit?« drängte sie.

»Unbedingt.«

Pauline hatte Hunger, ich auch. So saßen wir denn am Strand von Trouville, Crêpes essend, im Sand und schauten zu, wie die Flut kam.

Am Horizont, hinter Öltankern auf der Fahrt nach Le Havre, ging die Sonne unter. Es war ein erhabener Moment. Als wir aufbrechen wollten, konnte ich nicht hochkommen. Bei jedem Versuch fuhr mein Stock schräg in den Sand wie ein Billardqueue. Und für Pauline war ich zu schwer. Ich mußte mir, meine Eigenliebe hinunterschluckend, von einem Jogger in Reflektoren-Shorts aufhelfen lassen, der mir, nachdem er mich mit aufreizender Leichtigkeit auf die Füße gestellt hatte, etliche lächerliche und unbegreifliche Übungen vorführte, die ich jeden Tag machen solle, um wieder ein wenig geschmeidiger zu werden. Anstatt mich zu bedanken, hätte ich beinahe gesagt, daß ich solche Hampeleien von jeher verabscheut habe, aber Pauline drückte ihm die Hände und beglückwünschte ihn, als wäre er vom Olymp herabgestiegen, was mich nicht wenig erbitterte. Dann nahm sie meinen Arm und führte mich zum Kasino.

Vor einer gläsernen Drehtür hieß uns ein Türsteher nach eingehender Musterung willkommen. Die Treppe flankierten zwei Schaufelräder, von denen ein zartes Klappern ausging, das sehr bald von dem Getöse aus den Spielsälen übertönt wurde. Mit Gewinn verheißendem Rasseln fielen Münzen in metallene Kästen, Räder surrten hinter Scheiben, auf die die Spieler mit beschwörender oder flehentlicher Miene starrten. Kein menschlicher Laut. Ein Jahrmarkt von Eisenzeug und blinkenden Lichtern in einem auf New Orleans getrimmten Dekor. Alsgleich zog Pauline einen Fünfzig-Euro-Schein aus der Tasche, schob ihn in einen Wechselautomaten und sammelte die Münzen in etwas wie einen riesigen Becher. Sie wollte mir unbedingt meinen ersten Einsatz spendieren. Mit konzentriertem Gesicht musterte sie jeden einzelnen Apparat, sagte dann plötzlich, ich solle drei Münzen in eine bestimmte Maschine werfen. Ich gehorchte, wobei ich deren Funktionieren und Regeln zu begreifen suchte, während Pauline von Eingebung, Bauchgefühl, Glück und überlistetem Zufall sprach.

Binnen zehn Minuten hatten wir alles verloren. Ärgerlich, und überzeugt davon, daß wir nur mit Überlegung und Strategie gewinnen könnten, beschloß ich, die Dinge in die Hand zu nehmen. Die Geschwindigkeit, mit der die Maschinen die Geldstücke schluckten und Gewinn in Verlust verwandelten, versetzte mich in eine Erregung, eine Fiebrigkeit, die mir gefiel. Dieses rasende Auf und Ab war erhebender als eine langatmige Schenkung. Ich steckte meine Bankkarte in den Geldautomaten, hob dreihundert Euro ab und wechselte sie auf Paulines Rat in Fünfzigcentstücke.

Während sie immer wieder neue Maschinen probierte, setzte ich mich neben eine weißgelockte alte Dame und beobachtete sie bei ihrem Spiel.

»Heute ist er freigebig, anders als gestern«, sagte sie zu mir, als wäre ich ein alter Bekannter.

Ich gestand ihr, daß ich zum erstenmal hier war. Mit einer Engelsgeduld zeigte sie mir, wie man den Apparat bediente, und dazu zwei, drei Tricks: Immer zwischen der Leuchttaste und dem Hebel abwechseln, um die Räder in Gang zu setzen, jedesmal den Einsatz ändern, damit die elektronischen

Schaltkreise durcheinandergeraten, niemals dem Gewinnzähler trauen, sondern jeden Gewinn sofort einstreichen ... Staunend, wie hilfsbereit und einträchtig es unter Spielern zuging, bedankte ich mich für ihre Freundlichkeit.

»In unserem Alter muß man sich gegenseitig die Stange halten«, sagte sie mit verschwörerischem Augenzwinkern.

Ich konzentrierte mich auf meine Maschine, eine Art Eisenbahn mit numerierten kleinen Wagen, die auf einem Gleis umsprangen, sobald in der Gewinnzeile mehrere Revolver erschienen – das war alles, was ich kapierte. Jedesmal, wenn ich die Taste »Maximaleinsatz« drückte, leuchtete ein neuer Waggon auf: ich bin bei 250, peile die 500 an, aber was aufleuchtet, ist die 0. All meine Münzen sind weg.

»Drehen Sie den Becher auf Ihrem Sitz um, wenn Sie die Maschine behalten wollen«, riet mir meine Nachbarin.

Ich bedankte mich und schob meine blaue Karte abermals in den Geldautomaten. IHR AUSZAHLUNGSLIMIT IST ERREICHT, antwortete mir die Bildscheibe. Es ist ja wohl die Höhe, von seiner Bank rationiert zu werden! Ich habe wenigstens zehntausend Euro auf meinem Girokonto, und man will mir verbieten, mehr als dreihundert pro Woche abzuheben. Soll ich warten, bis ich hundert werde, um meine Ersparnisse auszugeben? Zum Glück hatte ich noch mein Scheckheft.

Mit Eroberermiene ging ich zum Schalter und stellte auf die Adresse des Kasinos einen Scheck über fünftausend Euro aus, den ich dem Kassierer hinschob, als handelte es sich um ein Trinkgeld. Er runzelte die Brauen.

»Es gibt da ein Problem, Monsieur.«

Ich gab ihm meinen Personalausweis, um das Problem zu beheben.

»Haben Sie kürzlich einen Scheck in einem anderen Kasino ausgestellt?«

»Nein.«

»Und hier?«

»Auch nicht.«

»Ich setze mich mit der Kontrollstelle für Gewinnspiele in Verbindung«, erklärte er, während er meinen Zivilstand in seinen Computer tippte.

Die Warteschlange hinter mir wurde länger. Die Gewinner mit den vollen Bechern, die ihre Jetons eintauschen wollten, sahen mich schief an.

»In Ordnung«, sagte der Kassierer nach einigen Minuten. »Sie können auf Ihren Scheck bis zu achthundert Euro abheben.«

Ich fahre auf, frage warum.

»Die Höchstgrenze ist gesetzlich vorgeschrieben, Monsieur.«

»Aha. Und wenn ich die achthundert Euro verspiele, muß ich einen zweiten Scheck ausfüllen, und wieder bildet sich hinter mir eine Schlange. Ihr System ist idiotisch.«

»Wir haben uns nicht verstanden, Monsieur. Ihnen stehen innerhalb von vierzehn Tagen maximal achthundert Euro zu.«

»Wie bitte? Aber sehen Sie sich doch mein Konto an, ich habe genug drauf, um fünftausend Euro zu verjubeln, und heute abend habe ich vor, es zu tun! Auf einmal, und nicht alle vierzehn Tage!«

»Bedaure, Monsieur.«

»Es ist doch wohl unglaublich, weder darf man sein Haus verschenken noch sein Geld durchbringen, wenn man Lust dazu hat!« platzte ich heraus, die Schlange hinter mir zum Zeugen anrufend.

»Hier, bitte, Monsieur«, sagte der Kassierer mit verbindlicher Miene und überreichte mir eine Broschüre.

Ich entfaltete den Leporello. *Merkblatt zur Vorbeugung gegen die Gefahren von Glücksspielen.* Es ist ein Test, der aus zwanzig Fragen auf farbigem Grund mit Feldern zum Ankreuzen dahinter und einem Auswertungsteil besteht, wo je nach der Anzahl der angekreuzten Kreise oder Vierecke das Urteil gefällt wird.

»Wenn bei Ihnen die Vierecke überwiegen«, erklärte der Kassierer, »laden wir Sie ein, unseren Psychologen im Untergeschoß aufzusuchen, der Sie darüber unterrichten wird, wie man Sie mit Verbot belegen kann.«

»Verbot?«

»Ein Spielverbot für sämtliche Kasinos in Frankreich.«

Mit offenem Mund ließ ich mich von der dicken Frau hinter mir beiseite drängen, die, sich über die gestohlene Zeit beschwerend, drei volle Becher auf den Zahltisch hievte. Ich wollte gerade Krach schlagen, da tippte mir Pauline auf die Schulter und zeigte mir zehn Hundert-Euro-Scheine.

»Ich habe gewonnen! Hab ich's nicht gesagt, Bauchgefühl und Glück. Auf alle Fälle darf man nicht viel überlegen, es ist ein Spiel, und fertig.«

Ich schluckte meinen Unmut hinunter und schlug vor, ihren Sieg an der Bar des Kasinos zu feiern. Sie sagte, sie sei müde und ob es mir recht wäre, erst morgen früh zurückzufahren. Ich pflichtete ihr bei. Der Tag war lang, und auch ich hatte keine Lust, mich heute abend noch ans Steuer zu setzen.

»Kennen Sie ein nettes Hotel?« fragte sie.

»Ja. Meine Frau und ich wohnten immer dort, wenn wir die Handwerker auf dem Grundstück hatten.«

»Kommen Sie, ich lade Sie ein«, sagte sie, während sie die Scheine in ihre Umhängetasche steckte.

Hotel Flaubert. Nichts ist verändert. Dieselbe gemütliche, gedämpfte Atmosphäre, der vertraute Bohnerwachsgeruch einer Familienpension. Es war nur noch eine Suite mit drei Betten frei. Die nahm ich. Ich wählte für mich das kleine Bett im Salonteil, Pauline sollte das große Bett haben, das am anderen Ende, hinter einer Trennwand mit Vorhang stand. Ich hatte im Entrée eine Toilette gesehen, so überließ ich ihr diskret das Bad neben dem Schlafraum.

Während ich das Fenster öffnete und aufs Meer hinaus schaute, hörte ich ihre Schritte auf dem Parkett. Dieses leichte Geräusch von Schritten im selben Raum führte mich Jahre zurück. Aufgewühlt schloß ich die Augen. Die Schritte näherten sich, verhielten hinter mir. Ich brachte es nicht fertig, mich umzudrehen und in der Wirklichkeit Pauline gegenüberzustehen.

»Geht es?« murmelte sie, als wüßte sie um den Aufruhr in mir.

Ich konnte nur nicken.

Jäh, unerwartet würgt mich die Trauer. Pauline ist sanft und fürsorglich zwischen das Fenster und mich geglitten. Damit sie mich nicht weinen sieht, schließen sich meine Arme um sie. Sie stößt mich nicht weg, legt mir die Arme um die Schultern. Ich klammere mich verzweifelt an sie. Wie lange es her ist, daß mich eine Frau berührt hat. Ganz langsam werde ich wieder zum Mann und bekomme Angst, daß ich sie belästigen und mich demütigen könnte. Schon will ich mich aus ihrer Umarmung freimachen, bringe es aber nicht über mich. Sie rührte sich noch immer nicht, so als wüßte sie, daß sie mir damit half, mich wieder zurechtzufinden. Ohne ein Wort nahm sie meine Hand, zog mich mit auf das kleine Bett und legte sich neben mich. Und so lagen wir, einer an den anderen geschmiegt, ihre Wange an meiner Schulter. Ich atmete den Duft ihrer Jungmädchenhaare nach frisch geschnittenem Gras und ließ die Wirrnis vergehen. Allmählich kehrte ich in meine Altherrenhaut zurück. Sonderbar, ich empfand so gut wie keine Scham über diese für sie wie für mich doch erniedrigende Situation. Diese trügerische Aufwallung von Lebenskraft, diesen Mangel an Würde. Trotzdem bat ich sie um Verzeihung.

»Wofür? Als ich klein war, habe ich mir so sehr gewünscht, daß mich einmal jemand in die Arme nimmt und mich einfach ganz fest drückt. Ein einziges Mal nur. Ich finde nicht, daß an Ihrer Umarmung etwas Ungehöriges war, Sie waren nur durcheinander. Wissen Sie, Armand, ich habe nicht wenige Männer kennengelernt, aber noch keiner ist mir mit soviel Respekt begegnet wie Sie.«

Armand hatte sie mich genannt – am Anfang unserer Beziehung hätte mir das Freude bereitet, gegenwärtig aber wäre es mir lieber gewesen, sie hätte mich nicht mit ihren anderen Männerbekanntschaften in einen Topf geworfen. Zugegeben, in einer Situation wie dieser dürfte es schwerfallen, jemanden Großvater zu nennen.

Sie gab mir einen Kuß auf die Stirn, einen lustigen Kuß, der aufprallte wie ein Kinderball, und sagte: »Was ich mir wünsche, ist, daß die Menschen glücklich sind«, und dieser Plural raubte mir meine letzten Illusionen. Dann rief sie den Nachtportier an, fragte, wann die Züge nach Paris gingen, und bat ihn, sie um sechs Uhr zu wecken. Wenn nicht, sagte sie, wäre sie nicht rechtzeitig dort, um den Laden zu öffnen, und so könnte ich ausschlafen, solange ich wollte. Sie wünschte mir schöne Träume und verschwand hinter dem Paravent.

Ich tat in der Nacht kein Auge zu. Wollte auf ihren Atem hören. Zum ersten und letzten Mal gemeinsam mit ihr in einem Zimmer. Ohne Lärm zu machen, brach sie am frühen Morgen auf. Als sie an mir vorüberging – ich stellte mich schlafend –, zog sie mir sanft die Decke bis zum Kinn hinauf.

Noch Stunden blieb ich liegen und genoß die Erinnerung an diese Geste. Ein Teil von mir wollte ihr Großvater sein, ihr altes Kind, ihre Gegenwart und ihre Aufmerksamkeiten erbetteln, während eine andere Stimme in meinem Innern schrie, daß ich mit einer Frau wie ihr, in einem passenden Alter, ein ganz anderes, freudvolleres Leben gelebt hätte. Trotz meiner großen Anhänglichkeit an Madeleine hatte sie gegen meine Sperren, meine Blindheiten und Hemmungen nichts vermocht, und mein hinter Büchern verschanztes Schweigen wiederum hatte ihre Einsamkeit besiegelt. Die Kinder waren ihre Antwort auf mich gewesen, mit ihnen füllte sie die Fremdheit zwischen uns aus – dann mit der Bildhauerei, dann mit der Krankheit …

Ich wußte nicht mehr, was ich bei Pauline suchte: daß ich das alles vergessen könnte, oder die Kraft, den Dingen ins Auge zu sehen und den Mut, zu retten, was noch zu retten war. Sie hatte mich *erwählt*, hat sie gesagt. Aber was fing man an mit dieser Wahl, und wie sollte man sich ihrer würdig erweisen?

12

Im Zug nach Paris stellte Pauline fest, daß sie das Halstuch von Madeleine Leclair mitgenommen hatte. Sie schnupperte ein paarmal daran, doch es roch nur nach Schrank und nach Gischt. Ihr war zum Weinen zumute, aber nicht wegen sich selbst, und davon war sie ganz verwirrt.

Was sie erlebt hatte, war zugleich Anfang und Ende einer schönen Geschichte zwischen Armand und ihr gewesen, das fühlte sie, ohne daß sie hätte erklären können, warum. Immer wieder sah sie vor sich, wie sie am frühen Morgen die Decke über den Körper des alten Mannes hochgezogen hatte und wie ein Lächeln über sein Gesicht geglitten war, unwillkürlich, obwohl er sich schlafend stellte. Und darüber schob sich die gleiche Geste, genau die gleiche, mit der sein Sohn ihn im Krankenhaus zugedeckt hatte, und wie Armand sie zornig zurückwies. Beide Bilder verschmolzen in Paulines Kopf, fielen auseinander, verschränkten sich wieder, und nun war es Pierres Hand, die im Hotel Flaubert die Decke hochzog, und trotzdem lächelte Armand.

Am Bahnhof Saint-Lazare schrak sie aus ihrem Traum auf. Die Hand, die auf ihrem Arm lag, war die des Kontrolleurs.

13

Wieder zu Hause, nahm ich eine Dusche und rief meinen Notar an, um für nächste Woche einen Termin auszumachen. Ich wollte meine Lebensversicherung auf Pauline und meine Kinder überschreiben – das war weniger umständlich, als mein Vermögen, mein Grundstück zu verschleudern. Dann öffnete ich meine Post, eine Stromrechnung, eine Werbung für alle Arten von Pannenhilfe und ein Brief von Madame Léry. Sie wolle mir lieber schreiben, las ich, weil sie nicht den Mut habe, mir von Angesicht zu Angesicht mitzuteilen, daß unsere Samstage künftig nicht mehr stattfänden. Sie sei darüber sehr betrübt, aber eine alte Freundin aus Kinderzeiten, die im Süden wohne, habe ihren Mann verloren und ihr nun vorgeschlagen, die große Wohnung in ihrer Seniorenresidenz mit ihr zu teilen. Sonne, Schwimmen im Pool, Kartenspiele, all das könne unsere geliebten Essen in Paris nicht ersetzen, aber, fügte sie hinzu, mir blieben ja die Kinder. Sie beendete ihren Brief, indem sie mir einen schönen Lebensabend wünschte. Ich steckte ihn in ein Küchenschubfach, zwischen Gummiringe, Korkenzieher und Büchsenöffner.

Als ich in den fast leeren Kühlschrank blickte, fiel mir wieder ein, daß die Dune gegangen war, auch sie. Wenn man alt wird, verlassen einen die Menschen um anderer Bindungen willen, wie um einen Schlußstrich zu ziehen. Sie bilden sich ein, sie könnten ein neues Leben anfangen, in dem von ihren Fehlern, die die Freunde oder Bekannten auswendig kannten, niemand weiß. Könnten aufs neue schüchtern, aufgeschlossen oder begeistert tun und sich derweil holen, was sie brauchen, ohne daß man ihre Gleichgültigkeit oder ihre Heuchelei bemerkt. Hatte ich es mit Pauline denn anders gemacht?

Ich sehnte mich nach frischer Luft und wollte bei dieser Gelegenheit ein paar Einkäufe machen. Als ich meine Wohnungstür öffnete, sah ich meinen Sohn auf dem Treppenabsatz stehen. Einen Moment war ich überrascht, Freude wollte mich durchströmen, doch sogleich hatte ich mich wieder im Griff.

»Ich wollte eben ausgehen«, sagte ich kühl.

Er nickte, wandte den Blick ab.

»Ich wollte mal fragen«, murmelte er dann, »was du wegen der Vormundschaft beschlossen hast.«

»Ich habe beschlossen, mir einen Aufschub zu gewähren. Beruhigt dich das oder nicht?«

Er hob den Kopf, blickte mich mit einer unbestechlichen Strenge prüfend an, wie ich sie noch nie an ihm gesehen hatte. Es war das erstemal, daß er mir glich.

»Ich habe mit dem Gedanken gespielt, Papa, das ist wahr, für den Bruchteil einer Sekunde, als ich dich mit diesem Mädchen sah. Versetze dich, einmal in deinem Leben, an meine Stelle.«

»Ich werfe dir nichts vor. Nur wäre es mir lieber gewesen, ich hätte es nicht durch meine Zugehfrau erfahren, das ist alles.«

»Du fragst nicht, was ich an einem Wochentag auf deiner Fußmatte zu suchen habe?«

»Die Geschäfte schließen gleich, komm. Du kannst dich nützlich machen.«

Seite an Seite im Fahrstuhl sprachen wir kein Wort. Auch auf der Straße nicht. Er begleitete mich, paßte seine Schritte meinen an, zum Krämer, zum Fleischer, zum Milchladen. Ich dehnte das Schweigen ins Unerträgliche, um ihn zum Äußersten zu treiben; sollte er endlich herauskommen mit dem, was er auf dem Herzen hatte, wie im Krankenhaus, als er geglaubt hatte, ich schliefe.

Er trug meine Einkäufe zurück. Er stellte die Tüten in die Küche, dann ging er und setzte sich in meinen abgeschabten schwarzen Ledersessel. Es mißfiel mir, daß er meinen Platz einnahm.

In einem Ton, der unbeteiligt klingen sollte, fragte ich: »Betrachtest du dir den verlorenen Vater oder den Geisteskranken?«

»Hör mir zu, nur ein einziges Mal, so wie du Pauline im Krankenhaus zugehört hast.«

»Woher kennst du ihren Namen?« fuhr ich auf.

»Ich habe mit ihr gesprochen, unter der Kastanie. Zuerst war ich ziemlich aggressiv zu ihr, aber sie hat sehr gute Sachen gesagt, die mich zum Nachdenken gebracht haben. Ich frage mich, was sie dir bedeutet, daß du mit ihr so glücklich aussiehst. Ich beneide sie. Wie viele Jahre habe ich versucht, dir nahezukommen. Aber du hast mich eingeschüchtert und mich nicht beachtet. Du hast mich derart unbeholfen gemacht.«

»Du warst ein verschlossener Junge, aber nicht unbeholfen«, brummte ich. »Wenn ich dich ein wenig gerüttelt habe, so, damit du Selbstvertrauen faßt, damit du dich wehrst.«

Er sah mich mit traurigem Lächeln an.

»Mit was für einem Erfolg! ... Immer hatte ich Angst vor dir, vor deinen Reaktionen. Ich wollte dich nicht enttäuschen, also habe ich studiert, dem Studienrat zuliebe. Deinetwegen habe ich geheiratet, weil du gesagt hast, daß man eine Familie gründen, Kinder zeugen, für Fortbestand sorgen muß. Das Geschäftsleben hat mich nie gereizt, trotzdem bin ich Apotheker geworden, weil meine Frau eine Apotheke hatte und ich es nicht mehr fertigbrachte, einen einzigen Entschluß aus eigenem Willen zu fassen. Immer habe ich einen anderen gespielt, als der ich bin, um mir deine Achtung zu erwerben und um meine Ruhe zu haben. Mit dem Ergebnis, daß ich alles verkehrt gemacht habe.«

Das Telefon klingelte. Ich nahm ab.

»Pauline!« rief ich, betonte meine Begeisterung. »Wie froh ich bin, Sie zu hören!«

»Ich wollte nur fragen, ob Sie gut heimgekommen sind.«

Pierre stand auf, ich dachte, er wolle gehen, aber er ging nur in die Küche.

»Alles bestens. Kann ich zurückrufen? Ich habe Besuch.«

»Ja, sicher.« Leise setzte sie »Großvater« hinzu, und wir legten auf.

Ich hörte, wie ein Dosenverschluß ins Spülbekken fiel. Ich war der schlechteste Vater gewesen, und jetzt gaukelte ich einem kleinen Mädchen vor, ich wäre der ideale Großvater – mit derselben Aufrichtigkeit, denselben guten Absichten, derselben Überzeugung, zum Besten derer zu handeln, die ich liebe. Es war höchste Zeit, dieses Massaker zu beenden und Pauline meinem Einfluß zu entziehen. Wie ein ewiger Pygmalion hatte ich gewollt, daß sie sich selbst erschaffte, daß sie denken lernte, dabei gebot sie in ihrer Schlichtheit über eine unersetzliche Wahrheit, ein unfehlbares Heilmittel: die Lebensfreude derer, die am Anfang gelitten haben, aber die sich nie mehr unterkriegen lassen wollen. Die heitere Kraft derer, die begriffen haben, daß selbsteroberte Glück die einzige gültige Antwort auf das anfängliche Unglück ist. Wozu mußte ich ihr erklären, daß, je gebildeter, je erlesener die Kreise, desto verfälschter die Beziehungen, desto größer die Verlogenheit und verschleierter die Absichten, durch die alte Wunden nur wieder aufgerissen werden?

Ich ging zu Pierre in die Küche. Er saß auf der Spültischkante, wie er es als Junge gemacht hatte.

»Willst du auch eine?« fragte er, seine Cola trinkend, locker.

»Ich dachte, du magst Cola nicht.«

»Das war Colette, die keine mochte, aber tut nichts zur Sache. Niemand erinnert sich an meine Vorlieben, nicht mal ich selbst.«

Dieser beiläufig dahingesagte kleine Satz brachte mich aus der Fassung. Ich suchte nach Worten, um ihn eines Besseren zu belehren, doch er ließ mich nicht zum Zug kommen.

»Wenn du sagst, daß du ›Besuch hast‹«, fuhr er fort, »hast du ja recht. Wir beide, du und ich, haben immer nur über Nebensächlichkeiten geredet. Wir haben nie wirklich miteinander gesprochen, wie ein Vater und ein Sohn, und trotzdem hast du immer mein Leben gelenkt, von weitem. Sogar heute noch, aber dafür bin ich dir dankbar. Als ich sah, wie du in deinem Alter noch ein junges Mädchen in deinen Bann ziehen kannst, so wie früher alle deine Schülerinnen, sagte ich mir, daß es auch mit mir noch nicht aus sein muß. Und ich habe beschlossen, mein Leben zu ändern, auf einen Schlag, und wie du siehst, ist es passiert, du hast einen freien Mann vor dir.«

Ich betrachtete ihn aufmerksam, suchte nach dem Unterschied.

»Schluß mit der Apotheke, dem Bridge-Club, der gallo-römischen Münzsammlung. Ich habe alles meiner Frau überlassen, sie wird mein Fehlen nicht einmal groß bemerken.«

Ich betrachtete ihn lange mit unverhohlenem Stolz, und vor Dankbarkeit, die er darüber empfand, bekam er glänzende Augen.

»Billigst du meine Entscheidung, Papa?«

»Ich beneide dich. Wie hätte ich mir in deinem Alter deinen Mut gewünscht! Die Kraft, mich meinem Vater zu widersetzen, der mir in seinem Altersheim alle meine Sonntage stahl, während du deine Hausaufgaben machtest. Die Kraft, mich der moralischen Verpflichtung zu verweigern, diese Abirrung der Liebe – die schlimmste. Nie hat er es mir gedankt, nie hat er nach euch gefragt; er brauchte einen Untergebenen, das war alles. Nie hat er gesagt: ›Geh nach Hause, sie warten auf dich, es ist spät.‹ Nie hat er daran gedacht, daß andere mich brauchen könnten.«

»Weißt du, Papa, du erleichterst mir die Sache sehr.«

»Das hoffe ich.«

»Ich bin gekommen, dir Lebewohl zu sagen. Ich reise.«

»Nach Indonesien?«

Er schaute mich mit großen Augen an, fragte, wie ich darauf komme.

»Ich habe im Radio gehört, daß sie dort wieder einen Tsunami hatten.«

Sein Gesicht umwölkte sich, als er den wahren Ursprung meiner Hellsicht begriff.

»Dann hast du im Krankenhaus nur getan, als ob du schliefst? Du hast mich mein Herz ausschütten lassen, ohne …«

»Ohne dich zu unterbrechen, ja, ohne dir den Mund zu verschließen … Ich beneide dich, Pierre. Ich beneide dich, weil man dich immer brauchen wird. Ein Philosoph taugt nichts, wenn es gilt, Menschenleben zu retten. Ein Apotheker hingegen …«

»Papa, bin ich denn für dich immer nur der Apotheker? Kannst du mich nicht *einmal* als ganzen Menschen sehen?«

»Bitte verzeih mir. Alte Gewohnheit ... Ich wollte immer, daß du gegen mich gewappnet bist, Pierre, besser, als ich es gegen meinen Vater war. Deshalb habe ich mich ungerecht und gleichgültig verhalten, nur daß ich es darüber tatsächlich geworden bin. Damit du stark wirst, habe ich uns beide unglücklich gemacht und dann geglaubt, das sei endgültig, unabänderlich. Danke, daß du mich widerlegt hast.«

In meinem Sessel vergraben, die Hände, mit hängenden Schultern, in den Taschen, stieß er einen tiefen Seufzer aus: »Tja, jetzt kann es dauern, bis ich die Visa habe, bis ich von einer Hilfsorganisation angenommen werde und ein offizielles Mandat bekomme ... Aber wenn ich als Individualtourist reise, können sie mich abweisen ...«

Schon beschlich ihn Entmutigung. Es preßte mir die Kehle zusammen bei dem Gedanken, daß er in einer Woche wieder in Dijon in seiner Apotheke stehen könnte mit seinen zerbrochenen Träumen.

»Hast du ein Hotelzimmer genommen?«

»Ja.«

»Es stimmt nicht, was ich euch erzählt habe, der Bauernhof ist nicht verkauft. Du kannst hinfahren, wenn du willst, und in der Zwischenzeit dort wohnen.«

Ich weiß nicht, ob er mehr über meine Lüge erstaunt war oder über dieses wie selbstverständliche Angebot. Als ob er mich neu entdeckte, erhob er sich aus dem Sessel, kam langsam auf mich zu und schloß mich in die Arme. Von jeher habe ich mich bei solchen Umarmungen linkisch gefühlt, diesmal aber trat ich aus dem Schatten meines Vaters, der mich immer abgewiesen hatte, und habe ihn an mich gedrückt, meinen Sohn, dem ich, als ich in seinem Alter war, so sehr glich. Ich gab ihm die Schlüssel von Canapville, und weil er die Geldscheine, die ich ihm anbot, zurückwies, steckte ich ihm heimlich einen Blankoscheck in die Manteltasche.

Als ich die Tür hinter ihm geschlossen hatte, ging ich ins Schlafzimmer zu den leeren Schränken und legte mich ins Ehebett. Nach einer halben Stunde stand ich, von einer fixen Idee getrieben, wieder auf. Ich eilte ins Wohnzimmer zum Bücherschrank und räumte fieberhaft Dokumente, Ordner, alte Zeitschriften, Schallplatten heraus, bis ich in einem Schuhkarton auf die wenigen Fotos meines Vaters traf. Aufmerksam betrachtete ich sein verschlossenes Gesicht unter dem Offizierskäppi, ob ich wohl gemeinsame Züge entdeckte, aber ich fand keine, und ich war heilfroh darüber. Ohne jede Gefühlsregung zerriß ich die Fotos, wobei ich mich fragte, warum ich so lange gewartet hatte, ihn endgültig aus meinem Leben zu verbannen, damit er meinen Beziehungen zu den anderen nicht mehr schade.

Dann traf ich eine Auswahl aus meinen Büchern für Pauline. Bücher, die mich lange beschäftigt hatten und die ihr vielleicht Lust machen könnten, zu ergründen, was ich ihr nicht hatte sagen können, damit sie mein Verhalten nachträglich verstand.

Noch einmal dachte ich über unsere Begegnung nach. Zwei Einsamkeiten, die zueinander finden, deren eine die Spielregeln kennt, Intelligenz und Bildung über alles stellt, Herz und Güte der moralischen Pflicht opfert, während die andere, instinktiv und empfindsam, spontan Liebe und Aufmerksamkeit zu schenken weiß, ohne daß Mißverständnisse aufkommen.

Ich war in Sorge um Pierre. Er hatte einen Riesenschritt auf seine Träume zu gemacht, aber er war nicht egoistisch genug, sich gegen die Realitäten zu behaupten. Er brauchte einen Schock. Eine Prüfung, die ihm verhalf, sich neu zu binden.

14

Diesmal habe ich nichts verkorkst. Allerdings ist ein Autobus sicherer als Schlaftabletten, auch wenn es kein schöner Anblick ist. Ich habe den 98er gewählt, weitab von den Linien, die Pauline benutzt, und habe wohlweislich eine Zeitung aufgeschlagen, ehe ich plötzlich die Straße überquerte, schließlich wollte ich die Auszahlung meiner Lebensversicherung nicht gefährden. Es war ein Unfall aus Zerstreutheit. *Ruheständler von Bus überfahren* war alles, was die Zeitungen über mich zu vermelden wußten. Meine Ehe mit einer Bildhauerin, meine zwei im Selbstverlag publizierten philosophischen Abhandlungen und meine akademischen Grade blieben den Todesanzeigen vorbehalten.

Pauline wohnt meinem Begräbnis aus einiger Entfernung bei, um sich der Familie nicht aufzudrängen. Pierre blickt sich andauernd nach ihr um und sieht sie an. Seine Frau und seine Söhne stehen rechts von meinem Grab, er steht ganz allein auf der linken Seite, abgesondert, um den Bruch deutlich zu machen. Colette, die gegen die Trennung ist, steht auf der Seite ihrer Schwägerin. Die Eröffnung meines Testaments verspricht blutig zu werden.

Ich habe dem Göttlichen zeit meines Lebens nie viel Aufmerksamkeit gewidmet, sondern das Problem alljährlich an meine Schüler delegiert, indem ich ihnen für den ersten Aufsatz das Thema: »Gott ist tot« stellte. Mochten sie selbst das Zitat nachweisen, es kommentieren, es rechtfertigen oder bestreiten. Ich wusch meine Hände in Unschuld.

Aber Gott ist offenbar nicht rachsüchtig, wenn er noch lebt. Jedenfalls erfüllt er die Wünsche eines Selbstmörders. Kaum war mein Sarg in die Grube hinabgelassen, ging mein Sohn und holte Pauline hinter ihrer Zypresse hervor, er faßte sie bei der Hand und führte sie, unterm indignierten Gemurmel der spärlichen Trauergemeinde, ins helle Licht, in die erste Reihe. Gemeinsam warfen sie mir eine Handvoll Erde samt dem kleinen Veilchenstrauß nach, den Pauline mir gebracht hatte. Unter Tränen lächelte sie ihm zu, ihr dunkelblauer Faltenrock flatterte im Wind. Und in Pierres Blick sah ich den Enkelsohn, der eines Tages vielleicht aus meinem Tod entstehen würde.

»Auf Wiedersehen, Armand«, murmelte Pauline, als die Totengräber begannen, die Grube zu-

zuschaufeln. »Wie gerne hätte ich Sie für mein ganzes Leben behalten.«

Und so brach ich nach der letzten Schaufel denn doch mit einem ganz kleinen Bedauern auf zu meiner Frau.

Das Diogenes Hörbuch zum Buch

Françoise Dorner
Die letzte Liebe
des Monsieur Armand

Ungekürzt gelesen von Hans Korte

3 CD, Spieldauer 185 Min.

Astrid Rosenfeld
Adams Erbe
Roman

Berlin, 2004. Edward Cohen, Besitzer einer angesagten Modeboutique, hört seit seiner turbulenten Kindheit immer wieder, wie sehr er Adam gleicht – seinem Großonkel, den er nie gekannt hat, dem schwarzen Schaf der Familie. In dem Moment, in dem Edwards Berliner Leben in tausend Stücke zerbricht, fällt ihm Adams Vermächtnis in die Hände: ein Stapel Papier, adressiert an eine gewisse Anna Guzlowski.
Berlin, 1938. Adam Cohen ist ein Träumer. Aber er wächst als jüdischer Junge in den dreißiger Jahren in Deutschland auf, und das ist keine Zeit zum Träumen. Selbst wenn man eine so exzentrische Dame wie Edda Klingmann zur Großmutter hat, die ihren Enkel die wichtigen Dinge des Lebens gelehrt hat – nur das Fürchten nicht. Als Adam mit achtzehn Anna kennenlernt, weiß er, wovon seine Träume immer gehandelt haben. Doch während die Familie Cohen die Emigration nach England vorbereitet, verschwindet Anna in der Nacht des 9. Novembers 1938 spurlos. Wo soll Adam sie suchen?
Sechzig Jahre später liest Edward atemlos Seite um Seite und erfährt, wie weit Adam auf seiner Suche nach Anna gegangen ist…

»Wir folgen staunend Adams Bericht – und bewundern, wie leichtfüßig die Debütantin mit dem tiefernsten Thema umgeht. *Adams Erbe* ist ein großartiger Roman, der die Leser zum Lachen und zum Weinen bringt.« *Buchjournal, Frankfurt*

»Höchst amüsiert gleitet man durch ein Panoptikum der Geschichten versehrter Figuren. Geradezu perfide, sanft, aber gnadenlos spinnt Astrid Rosenfeld den Leser ein in diese allertraurigste Geschichte der Welt.«
Elmar Krekeler / Welt kompakt, Berlin

Astrid Rosenfeld
Elsa ungeheuer

Roman

Lorenz Brauer ist der neue Star der internationalen Kunstszene. Doch kaum einer ahnt, dass hinter seinem kometenhaften Aufstieg nicht nur Talent, sondern der raffinierte Plan zweier einflussreicher Frauen steckt.
Karl Brauer, Lorenz' jüngerer Bruder, weiß das natürlich. Und auch, dass die verrätselten Bilder des aufstrebenden Malers ihren Ursprung in der Kindheit haben – in der Zeit, als Lorenz und Karl gerade ihre Mutter verloren hatten und Elsa in ihr Leben trat. Elsa mit den Streichholzarmen, dem rotzfrechen Mundwerk, den extravaganten Kleidern. Das Mädchen, an das einer der Brüder sein Herz verlor und der andere seine Illusionen. Das Mädchen, das keiner von beiden vergessen kann.
Zärtlich und schonungslos schlägt Astrid Rosenfeld in diesem Roman einen Bogen von einer verrückten Kindheit auf dem Land bis zum Glamour der modernen Kunstwelt.

»Eine hinreißende Erzählerin.«
Irene Binal/Österreichischer Rundfunk, Wien

Auch als Diogenes Hörbuch erschienen,
gelesen von Robert Stadlober

Sibylle Mulot
im Diogenes Verlag

»Sibylle Mulot hat eine unter deutschen Autoren seltene Begabung: Sie vermag die kleinen Dramen des Alltags aufzuspüren, die nicht selten nur Echos größerer Tragödien der Vergangenheit sind.«
Der Spiegel, Hamburg

»Sibylle Mulot ist eine kluge Psychologin und gelassene Moralistin, vor allem ist sie eine geschickte Dramaturgin.« *Frankfurter Allgemeine Zeitung*

»Die Autorin erzählt in einer Sprache, die glänzt und glitzert wie das Meer zur Hochsommerzeit.«
Nicole Hess / Tages-Anzeiger, Zürich

»Mulots Prosa wird von Buch zu Buch immer knapper, dichter und geschliffener.«
Martin Ebel / Neue Zürcher Zeitung

Liebeserklärungen
Roman

Das Horoskop
Erzählung

Die unschuldigen Jahre
Roman

Das ganze Glück
Eine Liebesgeschichte
Mit einem Hafis-Orakel im Anhang

Die Fabrikanten
Roman einer Familie

Die Unwiderstehlichen

Amélie Nothomb im Diogenes Verlag

»Ein Nothomb-Buch ist immer: voller Anekdoten, Schwung und wörtlicher Rede. Schlau komponiert, humorvoll trocken, ein bisschen weise und sehr unterhaltsam.« *Jochen Förster / Die Welt, Berlin*

»So jung und so genial.«
Süddeutscher Rundfunk, Stuttgart

»Erstaunlich, wie profund und abgründig Amélie Nothomb erzählt.«
Christian Seiler / Die Weltwoche, Zürich

»Ein literarischer Superstar.«
Frankfurter Rundschau

»Wie herrlich kann Bosheit sein, wenn sie in guter Prosa daherkommt!« *Le Nouvel Observateur, Paris*

Die Reinheit des Mörders
Roman. Aus dem Französischen von Wolfgang Krege

Liebessabotage
Roman. Deutsch von Wolfgang Krege

Der Professor
Roman. Deutsch von Wolfgang Krege

Mit Staunen und Zittern
Roman. Deutsch von Wolfgang Krege

Quecksilber
Roman. Deutsch von Wolfgang Krege

Metaphysik der Röhren
Roman. Deutsch von Wolfgang Krege

Kosmetik des Bösen
Roman. Deutsch von Brigitte Große

Böses Mädchen
Roman. Deutsch von Brigitte Große

Attentat
Roman. Deutsch von Wolfgang Krege

Reality-Show
Roman. Deutsch von Brigitte Große

Biographie des Hungers
Roman. Deutsch von Brigitte Große

Der japanische Verlobte
Roman. Deutsch von Brigitte Große

Winterreise
Roman. Deutsch von Brigitte Große

Den Vater töten
Roman. Deutsch von Brigitte Große

So etwas wie ein Leben
Roman. Deutsch von Brigitte Große

Doris Dörrie im Diogenes Verlag

»Es ist vollkommen gleichgültig, ob Sie Doris Dörrie in der Badewanne, im Intercity-Großraumwagen, im Lehnstuhl oder in der Straßenbahn lesen, nur: Lesen Sie sie!« *Deutschlandfunk, Köln*

»Heute streiten sich die Feuilletonisten, ob sie besser Bücher schreiben kann oder besser Filme dreht. Die Antwort ist einfach: Doris Dörrie kann beides.« *Deutschland, Bonn*

Liebe, Schmerz und das ganze verdammte Zeug
Vier Geschichten
Daraus die Geschichte *Männer* auch als Diogenes Hörbuch erschienen, gelesen von Anna König

»Was wollen Sie von mir?«
Erzählungen. Mit Fotos von Helge Weindler

Der Mann meiner Träume
Erzählung
Auch als Diogenes Hörbuch erschienen, gelesen von Heike Makatsch

Für immer und ewig
Eine Art Reigen

Bin ich schön?
Erzählungen

Samsara
Erzählungen

Was machen wir jetzt?
Roman

Happy
Ein Drama

Das blaue Kleid
Roman

Mitten ins Herz
und andere Geschichten. Ausgewählt von Daniel Keel. Mit einem Nachwort der Autorin

Und was wird aus mir?
Roman
Auch als Diogenes Hörbuch erschienen, gelesen von Doris Dörrie

Kirschblüten – Hanami
Ein Filmbuch

Alles inklusive
Roman
Auch als Diogenes Hörbuch erschienen, gelesen von Maria Schrader, Petra Zieser, Maren Kroymann und Pierre Sanoussi-Bliss

Kinderbücher:

Mimi
Mit Bildern von Julia Kaergel

Mimi und Mozart
Mit Bildern von Julia Kaergel